LA PERSONNE DE CONFIANCE

Didier van Cauwelaert est né à Nice en 1960. Depuis ses débuts, il cumule succès publics et prix littéraires. Il a reçu notamment le prix Del Duca en 1982 pour son premier roman, *Vingt ans et des poussières*, le prix Goncourt en 1994 pour *Un aller simple* et le Prix des lecteurs du Livre de Poche pour *La Vie interdite* en 1999. Les combats de la passion, les mystères de l'identité, l'évolution de la société et l'irruption du fantastique dans le quotidien sont au cœur de son œuvre, toujours marquée par l'humour et une grande sensibilité. Ses romans sont traduits dans le monde entier et font l'objet d'adaptations remarquées au cinéma.

DIDIER VAN CAUWELAERT

La Personne de confiance

ROMAN

ALBIN MICHEL

ISBN : 978-2-253-10361-5 – 1re publication LGF

On croit qu'on ne sert à rien sur terre, jusqu'au jour où quelqu'un vous demande l'impossible. Alors ça vous donne des ailes et tous les risques valent la peine d'être pris, parce qu'on est devenu nécessaire.

Tout a commencé mardi 4 septembre à 9 h 08. Je venais d'entamer ma première rotation dans le quartier Foch, Paris 16, mon secteur habituel. J'arrive au niveau du croisement Pergolèse-Malakoff et voilà que j'avise, en plein sur un emplacement livraisons...

Comment ça, « nom et prénom » ? Je vous les ai donnés tout à l'heure. Vous n'arrivez pas à vous relire ? OK, on recommence. Mais, vu le nombre d'événements qui vont s'enchaîner, je vous préviens, capitaine : si vous m'interrompez toutes les vingt secondes, vous n'êtes pas près de rentrer chez vous. Moi non plus, oui, je me doute. C'est combien d'heures maximum, une garde à vue ? Ah, quand même.

Médard, Maximilien, né le – enfin, *trouvé* le 8 juin 1995 à Bobigny, Neuf-Trois, dans un local poubelles rue Robespierre, d'où mon prénom. Et c'était le jour de la Saint-Médard, d'où mon nom de famille. Pas étonnant qu'il ait beaucoup plu dans ma vie. Non, c'est une métaphore. Enfin, une vanne. La Saint-Médard. Le dicton. Laissez tomber.

Donc, j'arrive au carrefour Malakoff et pof ! la première prise du jour. En plein emplacement livraisons sanctuarisé, comme on l'appelle, ligne jaune sans hachures – c'est-à-dire interdit aux usagers même de 20 heures à 7 heures, je ne vous apprends rien –, voilà que j'avise une Rolls Phantom dernier modèle. Voyez l'engin ? Cercueil blindé pour mafieux russe ou émir du Qatar. Ni une ni deux, je m'arrête, je descends, je la ferre…

Pourquoi ? Parce que c'est mon métier. Au départ, je vous ai dit, je suis grutier. Ah ben non, capitaine – mais je comprends la confusion, vous n'êtes pas le premier. Ce n'est pas la grue des chantiers, c'est celle des 4×4 de la fourrière. Conducteur grutier, c'est le nom marqué sur mes fiches de paie, à l'époque. Je suis un cow-boy urbain, quoi. Au lieu de courir après le bétail, j'attrape les voitures en stationnement interdit. Avec mon Land Cruiser en guise de cheval, je me fais une moyenne de trente-cinq vaches à lait par jour.

Un record absolu à la fourrière Foch : le minimum mensuel obligatoire est de cent soixante-dix. C'est dire les jalousies que je suscite chez les collègues, question primes de rendement. Mais je n'ai pas le choix : avec un fixe de 2075 et un loyer à 750, faut que ça dépote. Mon truc, c'est que j'anticipe le papillon « enlèvement demandé » que les pervenches sont chargées de coller – je continue à dire les pervenches, mais elles n'existent plus, à Paris. Enfin, elles ne sont plus bleues, ni fonctionnaires : c'est juste des agents privés qui se font de la thune, comme nous. Donc, le papillon, je le colle moi-même ; on gagne du temps.

Si, si, c'est légal. Enfin, comme on bosse dans un flou juridique total, on n'est pas à une irrégularité près. Je ne sais pas comment ça se passe chez vous, mais à Paris les 4×4 comme le mien, beaucoup plus pratiques que le camion-grue classique, sont en surcharge illicite à partir de 750 kg de PTAC – poids total autorisé en charge, pardon –, puisque la caisse qu'on remorque n'est pas autofreinée. Et, dans ce cas, la législation n'autorise que le dépannage et pas l'enlèvement lucratif. Vous avez le même cahier des charges, fatalement, dans le Finistère. En fait, c'est le principe même de la fourrière qui est illégal, mais ça rapporte tellement de blé que tout le monde ferme les yeux – c'est quoi, votre spécialité ? Non, parce que vous n'avez pas l'air très au courant. Vous venez d'un autre service, peut-être. Sans indiscrétion, c'est... ? La Brigade financière. OK. Vous êtes un recyclé, comme moi. À l'origine, je suis auteur de chansons. Mais bon, faut manger. Vous avez fait des trucs ? Je veux dire : vous avez eu des problèmes, pour qu'on vous ait muté ici ? Vous me raconterez à la pause. Si vous avez envie. Oui, oui, je continue. Et j'abrège, d'accord. Flaf, zip, gling, clac : je colle mon papillon, j'accroche, je soulève et je repars. Le poids de cette Rolls, je vous raconte pas. Un taureau de deux tonnes. Avec le rossignol de la calandre qui rentre tout seul dans le radiateur quand on le touche, pour pas qu'on le vole, ça me fait marrer – non, c'est pas un rossignol, je sais bien, c'est une femme ailée. « Spirit of Ecstasy », elle s'appelle. Mais je dis « rossignol » pour les gens qui ne sont pas familiers de la marque : ça fait image. Je suis bien content que vous vous intéressiez aux voitures, ça nous fait un point commun. Mais je préfère les anciennes, vous non ? Au temps où c'était juste de la mécanique et de la tôle, où on n'avait pas besoin d'avoir un doctorat en électronique pour ouvrir le capot.

Oui, pardon. Je suis donc en train de remonter l'avenue de Malakoff, direction la fourrière Foch, coude à la portière, en troisième à fond à cause du taureau que je me tracte, quand un livreur de pizzas me double en se marrant : « Hé, man, t'as une yeuve à l'arrière ! »

Aussitôt je m'arrête, la boule au ventre, je descends vérifier. Il a raison, ce con ! La vitre noire de la portière arrière gauche est baissée, à présent, et en travers de la banquette je découvre une petite vieille qui geint, les yeux fermés. Pardon ? C'est elle, oui – enfin, « la victime », non, ne me faites pas dire ce que je n'ai pas dit. C'est Mme Larmor-Pleuben, oui, mais vous me cassez le suspense : je vous raconte notre rencontre comme vous me l'avez demandé, en temps réel, laissez-moi développer. Et puis c'est moi qui suis victime dans cette affaire, faut pas confondre. Victime des mensonges de son neveu. Cela dit, si cet infâme tocard en est réduit à une accusation aussi grotesque, c'est la preuve qu'il a épuisé tous les autres recours. N'empêche, dès que mon avocate me rappellera, on portera plainte contre lui pour dénonciation calomnieuse, parce que je suis bien gentil, mais il ne faut pas inverser les rôles ! C'est lui, le toxique ! Sa tante, grâce à moi, elle va très bien.

Si je l'ai reconnue tout de suite ? Non. En la voyant

comme ça, au premier regard, avec son bonnet de laine, son duffle-coat ouvert sur une robe à fleurettes noires, ses grosses godasses de randonnée et le grain de beauté en relief sur la joue gauche, elle me rappelle quelqu'un, mais bon, dans cette caisse à trois cent mille, je me dis que je confonds. Les seules mémés que je fréquente, c'est à l'Action Seniors de la cité, quand je les balade en minibus le dimanche pour aller prendre l'air dans une banlieue moins grave.

Et puis, au moment où je plonge la main pour déverrouiller sa portière de l'intérieur, un scooter me frôle avec un coup de klaxon, je me retourne machinalement, et là, qui je vois sur un cul de bus ? *Mamie Larmor, le goût du vrai.* Avec sa tronche sur le paquet de galettes bretonnes. Vingt ans de moins, la coiffe en dentelle bigoudène à la place du bonnet de Schtroumpf et le sourire qui se la pète sous le grain de beauté, mais c'est clair : c'est la même ! Je savais bien que sa tête me disait quelque chose. Il faut dire que je la vois tous les matins dans ma cuisine. Choco-Larmor, les tartines gourmandes sarrasin-cacao, je suis accro. Pas vous ? Vous mangez quoi, au p'tit déj' ? Ah oui, c'est autre chose. Remarquez, si on aime... C'est pour le plaisir ou le transit ?

On s'égare, oui, pardon. Respectons votre jardin secret. Mais sinon, dans la gamme Mamie Larmor, pour la flore vous avez les mini-fars aux quetsches, une tuerie. Cela dit, je vérifie quand même, on ne sait jamais, il y a des sosies partout. Je lui lance : « Madame Mamie Larmor ? » Pas de réponse, les yeux toujours fermés, la bouche qui bloblote. Alors je me dis que c'est peut-être juste une vieille taupe model, une figurante qui a passé un casting de Bretonne à la fin du XXe siècle… Parce que depuis que je suis môme, c'est la même tête sur les paquets. Une question de com, quoi. Mamie Larmor, c'est une accroche, je me dis, c'est tout. Un concept. On nous fait croire dans les pubs que c'est toujours elle qui fait les biscuits avec ses recettes ancestrales, mais dans la réalité c'est des chaînes robotisées qui bossent dans les usines, avec des geeks sur des claviers qui programment petits-beurre, palets bretons, quat'-quarts fourrés fraise, crêpes dentelle ou Choco-Larmor, en fonction de la demande.

Si ça se trouve, elle n'existe même pas, Mamie Larmor. C'est juste une mascotte qui personnalise. Comme Cerise, la bombasse à pois verts de chez Groupama qui nous vend des contrats d'assurance, ou le vieux chieur Rodolphe Lindt qui engueule ses artisans chocolatiers, ou l'espèce de colonel américain en costume blanc qui soi-disant a inventé les KFC. *Kentucky Fried Chicken.* Ah, ça, vous connaissez. Ben je vous déconseille. Personnellement, j'ai arrêté à cause de la condition inhumaine dans les élevages.

Kentucky, mon cul. Ils fabriquent en Normandie des millions de poulets OGM qu'ils gavent en batterie et qu'ils plument vivants à l'eau bouillante, une horreur, faut pas me brancher là-dessus, on en aurait pour des heures… Et je sais de quoi je parle : mon amoureuse est animaliste. Elle fait des actions commando pour sortir les poulets de prison.

D'accord, capitaine, j'abrège. Et j'insiste en secouant gentiment la vieille qui a l'air de refaire surface : « Bonjour, madame, pardon, vous êtes la vraie Mamie

Larmor ou juste une comédienne qui joue le personnage ? » J'évalue le risque, en fait. Si c'est la patronne de la boîte, je suis mort ; si c'est une intermittente du spectacle, je lui file un bifton et elle va boire un café pendant que j'emmène la bagnole de ses employeurs en fourrière.

Sans ouvrir les yeux, en dodelinant de la tête, elle baragouine dans un souffle : « Kanter… Kanter… », et elle retombe sur le côté. Là, je suis un peu perplexe. Je me dis merde, le vrai visage des galettes bretonnes, c'est une vieille pochtronne qui réclame sa bière à 9 heures du mat'. Je comprendrai par la suite que ce qu'elle voulait, ce n'était pas une Kanterbrau, c'était un Kantérol. Le médicament que son chauffeur était allé chercher en catastrophe à la pharmacie d'en face. Mais bon, sur le moment, le temps presse, je lui réponds OK, on va s'en jeter un, je remonte au volant de mon Land Cruiser et je redémarre.

Vous m'écoutez, là, ou vous cherchez ce que j'ai dit avant ? Je vous vois le nez dans vos notes, complètement paumé… Vous n'êtes pas encore informatisés, dans le Finistère ? Je sais bien que ça n'est plus très tendance d'être flic – dans mon Neuf-Trois, vous êtes carrément une espèce en voie d'extinction, et on est quelques-uns à vous protéger en tant que telle –, mais le ministère pourrait quand même vous acheter des PC. Ah, d'accord, pardon. J'aime bien. Avant on disait « en panne », aujourd'hui c'est « en maintenance ». Non, je comprends, mais je tiens à relire ce que j'ai dit avant de signer, alors si déjà vous-même vous n'arrivez pas à déchiffrer votre écriture… Je ne voudrais pas abuser de la situation, mais je connais un peu les juges : question procédure, comme ils disent, vous allez être entaché de nullité.

Bon, je reprends. Mais non, je vous ai dit, ce n'est pas la peine d'attendre mon avocate. Elle habite Évreux et elle a autre chose à faire. Des soucis de santé, si vous voulez savoir. De toute façon, je n'ai pas besoin d'avocat : je suis innocent. On s'explique entre nous, d'homme à homme, et voilà. Je vous fais confiance, moi, je suis comme ça. Je n'ai rien à cacher. Je peux avoir un verre d'eau ?

Donc, je vous récapitule la situation. Patronne d'entreprise ou mannequin pour biscuits, j'ai embarqué par inadvertance une personne dans la voiture que je tracte, et ça, déjà, c'est la cata. M. Markarian n'aime pas, mais alors pas du tout. C'est le patron de la fourrière, un Lyonnais. Les circonstances atténuantes, il s'en cogne. Parce que normalement, c'est aux pervenches de vérifier qu'il n'y a personne à l'intérieur quand elles collent le papillon, mais, même si elles ne font pas leur boulot, c'est toujours sur nous que ça retombe. Pour vous dire le contexte, un mois plus tôt, Ibrahim, un collègue, avait chargé une Audi A4 avec un bébé à l'arrière. Il a eu beau plaider les vitres teintées et l'isolation phonique, il s'est fait lourder sans préav' ni indem' pour faute grave.

Alors moi, à ma place, vous auriez fait quoi ? Voyez le dilemme : si je dépose à la fourrière une voiture garnie, je suis mort. Et si je la décroche et que je l'abandonne en double file, je suis mort aussi : on a tous des mouchards à bord de nos 4×4.

Il ne me reste qu'une solution possible : je file à l'hôpital le plus proche, je leur confie la mémé qui est toujours dans les vapes, et je ramène la caisse à la fourrière, ni vu ni connu. Voilà où j'en suis de mes réflexions.

Le chauffeur de la Rolls ? Oui, c'est vrai que je n'y pense pas sur le moment. Je vais vous dire : on fait un métier où il vaut mieux éviter les contacts. Les gens nous détestent, c'est normal. Si vous saviez ce qu'on prend dans la gueule, quand le kio déboule avant qu'on ait fini. Oui, pardon, c'est la désignation technique dans nos rapports. Contrevenant en instance d'obstruction. Un kio, quoi. Dès qu'on a décollé une roue, on n'a plus le droit de la reposer, c'est ça qu'ils ne veulent pas comprendre, ces bûches. Ils nous filent des biftons une fois sur dix, mais la plupart du temps on reçoit des crachats, des œufs, des pavés... Les risques du métier, ça s'appelle. Vous connaissez, je me doute. Mais avec vous, encore, ils se gênent, parce que vous pouvez les verbaliser. Outrage à employé de fourrière, ça n'existe pas.

Le chauffeur, donc. En fait, j'ai reconstitué l'histoire après coup. Le neveu l'avait envoyé chercher Madeleine à l'aéroport – je l'appelle Madeleine, oui. Après tout ce qu'on a vécu, elle et moi, je ne vais pas dire Mme Larmor-Pleuben. À la sortie du périph, dans les embouteillages du matin, elle a commencé à tourner de l'œil sur la banquette arrière en réclamant son Kantérol. Elle l'avait oublié dans l'avion. Alors, le chauffeur s'est garé où il a pu, elle lui a filé l'ordonnance, il s'est précipité dans la première pharmacie, et c'est là que je suis arrivé avec ma grue. Vous suivez, c'est clair ?

Voilà comment je me retrouve en direction de la

clinique Maillot, avenue de la Grande-Armée – la plus proche d'après le GPS. Un détour de six cents mètres, mais je n'aurai qu'à dire à la fourrière qu'un camion-benne coincé bloquait Malakoff : c'est invérifiable. Avec moins de trois minutes de l'accroche des pinces à l'enlèvement, mon record habituel, je suis encore dans le timing d'un détour pour éviter les poubelles, mais quand même, y a le feu au lac.

Je ne vous raconte pas à quelle allure je roule. Je me dis que si jamais la mamie claque à l'arrière, on fera une autopsie, on dira que c'est le choc nerveux qui l'a tuée. J'entends d'ici les conclusions de l'enquête : d'un coup, en se réveillant, elle s'est vue rouler dans une voiture sans conducteur, elle a baissé la vitre pour appeler au secours, je n'ai rien entendu, et le cœur a lâché. Non seulement ma carrière est foutue, mais je serai accusé d'homicide par imprudence et placé en garde à vue – comme maintenant, oui, c'est sympa de me le rappeler. On commençait à se détendre, on faisait connaissance, je vous racontais les dessous de l'affaire, il ne manquait plus qu'un petit café, et voilà, vous cassez l'ambiance. C'est pas grave.

Bref, j'arrive devant l'entrée des urgences, je descends du Land Cruiser, et j'avise un interne en blouse qui fume sa clope. Je lui dis bonjour, vous pouvez appeler un brancard ? Il hausse un sourcil, il me regarde ouvrir la portière de la Rolls, lui désigner la vieille dans le coaltar en travers de la banquette en cuir blanc. Sans décoller les fesses de son plot, il me demande :

— Vous avez sa carte Vitale ?

La question me choque un peu : je suis toujours

hypersensible par rapport à l'administration, vu d'où je viens. La DDASS, les familles d'accueil, les assistantes sociales, les grilles d'évaluation – mon enfance, quoi. Je passe. Mais ils te laisseraient crever plutôt que de t'examiner avant de fourrer ta carte dans un lecteur. Je prends sur moi, j'attrape l'espèce de couffin plastifié posé au pied de la banquette arrière, et je fouille. Des dossiers comptables, un parapluie, des affaires de toilette, un paquet de chips, une trousse en tapisserie. Dans la trousse, je trouve une carte d'identité au nom de Larmor-Pleuben Madeleine – eh merde, c'est elle –, un vieux portable, un chéquier, trois billets de cinquante euros, un faire-part plié en deux, une photo d'elle jeune fille au bras d'un effacé dans mon genre, mais pas de carte Vitale. Évidemment, comme je ne le sais pas encore, le chauffeur l'avait prise avec l'ordonnance pour foncer à la pharmacie.

Au fond du couffin, il y a deux boîtes de médicaments : une pleine, Pentarex, et une vide dont le nom me fait tilter, Kantérol. Du coup, je comprends : c'est ce qu'elle réclamait pour soigner son malaise, plutôt qu'une Kanterbrau. Je dis à l'interne d'aller lui en chercher tout de suite. Pas pressé d'interrompre sa clope, il me dit qu'il faut une ordonnance. Je lui montre la boîte vide, avec marqué au bic : « 5 par jour en dehors des repas, jusqu'à 7 en cas de crise. » C'est bien la preuve qu'on lui en a prescrit, non ? Et là, elle est en pleine crise. Il me répond d'aller prendre mon ticket d'attente à l'accueil. Je lui réplique que je n'ai pas le temps : c'est les urgences, ici, merde ! J'ai ramassé la personne sur la voie publique, je la lui amène – qu'il se débrouille, chacun son métier.

Et puis je me retourne d'une pièce, parce que la passagère s'est mise à parler toute seule. Les yeux toujours fermés, la tête en arrière, elle martèle son genou du plat de la main. Elle dit :

— Je me fiche de ce que vous a ordonné mon neveu ! Il n'est pas question d'aller chez Mauvignon, je vous répète que j'ai mon conseil d'administration à midi et demi ! 59, quai de Grenelle, hop !

Et elle se fige soudain, comme un arrêt sur image. Je me retourne vers l'interne, qui s'est désintéressé de son cas pour dragouiller une infirmière qui passe. Inquiet, je reviens vers la vieille qui a l'air en apnée. La main sur l'épaule gauche, je la secoue doucement. Et c'est là qu'elle ouvre les yeux, enfin. Je me penche aussitôt sur elle pour lui demander comment elle se sent. Et voilà qu'elle me dévisage avec un air ébloui, de la tête aux pieds, et que son sourire s'allonge comme un hamac. Elle m'attrape soudain les poignets et elle murmure sur un ton émerveillé :

— Victor... Tu es là !

Je vais pour lui répondre que je m'appelle Max, et puis je me ravise. Elle me confond avec quelqu'un d'autre, autant en profiter. Si jamais les médecins la cuisinent, tout à l'heure, il vaut mieux qu'elle ignore l'identité de l'employé de la fourrière qui l'a déposée aux urgences. Va pour Victor. Mais, avant que j'aie eu le temps d'acquiescer, elle jaillit de la voiture avec une souplesse de gamine et me saute au cou.

— J'ai tant espéré ce moment, mon chéri !

Je dis moi aussi, poli. Elle doit me prendre pour son petit-fils. Elle est toute menue, mais avec une densité impressionnante, une énergie de Vieille au bois dormant réveillée en sursaut. Elle me serre contre elle, me caresse, me palpe – on dirait qu'elle vérifie que c'est bien moi.

Je l'enlace aussi, pour donner le change aux personnes qui nous regardent. Elle recule soudain le buste, me dévisage avec un mélange de reproche et d'angoisse.

— Tu ne leur as donné aucun nom, n'est-ce pas, aucun lieu ?

Je croise le regard circonspect de l'interne sur son plot. Je souris, le prends à témoin de la résurrection spectaculaire de ma grand-mère, à qui je réponds d'un ton de connivence :

— Tu me connais.

Elle me fixe d'un air très sérieux, tout à coup. Ses lèvres remuent sans un son. J'écarte lentement les mains de ses épaules, pour vérifier si elle tient debout. Le vieux corps maigrichon penche un peu sur la gauche, mais ses jambes ne flageolent pas du tout. À part le cerveau, elle a l'air d'assurer.

— Les Allemands t'ont laissé partir… comme ça ? vérifie-t-elle sur la pointe de la voix.

Je réponds oui, affichant la mine de celui qui en est le premier étonné.

— Et ils ont été… corrects ? insiste-t-elle avec une anxiété croissante.

Pris de court, je pense à M'Gawa, l'attaquant toulousain que le Bayern Munich vient de céder au PSG pour la moitié de sa valeur, et je la rassure : les Allemands sont corrects.

— Vraiment ? fait-elle en jaugeant mes réactions. Tu me jures qu'ils t'ont libéré sans rien obtenir en échange ?

Dans le doute, je me vexe, pour être crédible :

— Non mais, enfin ! Pour qui tu me prends ?

Elle m'attrape la main gauche et la monte à ses lèvres.

— Pardon, mon amour, c'est l'émotion de te retrouver. Habsdorff m'a dit que tu n'avais rien lâché, que tu avais joué les abrutis, mais je voulais être sûre…

Elle m'inspecte le visage, descend le long de mon cou, déboutonne mon polo. Je lui retiens les mains. Elle s'alarme :

— Ils t'ont torturé ?

Je la rassure du mieux que je peux, en jouant la fierté modeste du gars qui est passé entre les gouttes :

— Même pas !

Alors elle m'enlace de plus belle et murmure, la joue contre mon torse :

— Plus jamais tu ne me quitteras, tu me le jures ?

Je respire l'odeur de lavande et de vieux placard qui imprègne son bonnet de laine. Ça me fait drôle d'entendre cette phrase. Mettez-vous à ma place, capitaine : c'est la première fois qu'on me demande ce genre de chose. Je n'ai jamais compté pour personne, en fait. Je n'ai jamais été qu'un numéro de dossier pour la DDASS, et une bouche à nourrir pour les différentes familles d'accueil dans lesquelles on me plaçait en attendant que je sois majeur. Mais de là à jurer de rester scotché toute la vie à une petite vieille qui perd la boule…

— N'est-ce pas, mon Victor ? me relance-t-elle avec tendresse. N'est-ce pas qu'on ne se quittera plus jusqu'à la mort ?

Ses lèvres se remettent à trembler. De peur qu'elle me fasse un nouveau malaise, je lui réponds qu'en ce qui me concerne, c'est sans problème, mais il ne faut pas oublier les Allemands. Elle hausse les épaules en me tapotant la nuque.

— Ne t'inquiète pas, nous sommes en train de reprendre Paris. Ils vont capituler d'un jour à l'autre : Hitler est foutu.

J'avale ma salive et, sous le regard attentif de l'interne, je me réjouis de la bonne nouvelle.

— Les urgences psychiatrie, c'est rue Duvivier, me glisse-t-il à mi-voix en sortant de sa blouse son portable qui vibre.

Je réponds vivement qu'on y va tout de suite.

— Oh oui, roucoule la vieille en se blottissant contre moi, j'ai hâte de te faire ton kouign.

— Mon ?

— Ton kouign-amann. Ton gâteau préféré !

Elle me dévisage avec une panique soudaine.

— Mon Dieu, Victor, ne me dis pas qu'ils t'ont lavé le cerveau, que tu as perdu la mémoire !

Dans un réflexe de défense, comme un imposteur qui craint de se faire prendre en flagrant délit de mensonge, je balbutie que non, non, ça va, mais qu'il faut me laisser le temps de me retourner. Hier encore, j'étais cuisiné par les Allemands ; on ne se réinsère pas comme ça du jour au lendemain dans la pâtisserie.

— Donc, ils t'ont torturé ! bondit-elle. C'est bien ce que je disais !

Ne sachant comment réagir, je risque un œil vers l'interne.

— J'arrive, dit-il dans son portable.

Il se relève, me conseille de ne pas contrarier la malade, écrase sa clope.

— Par simple curiosité, ajoute-t-il en fixant le sigle de la fourrière sur mon blouson de travail, ça vous arrive souvent de trimbaler votre famille dans les voitures que vous enlevez ?

Je ris de la bonne blague, pour gagner du temps, mais je ne vois vraiment pas ce que je vais trouver comme excuse. Heureusement, ils viennent de l'appeler pour une urgence et il nous plante là sans attendre la réponse.

— Sur ordre de qui ? siffle l'autre en me crochetant le poignet, l'air dur. Sur ordre de qui on t'a torturé ? Le général von Choltitz ? Günther Habsdorff ?

Ce n'est plus la même femme. Je me rappelle la notice publicitaire sur les paquets de Choco-Larmor : la gamine résistante de 39-45 qui portait ses galettes et ses petits pots de beurre aux parachutistes anglais cachés dans la campagne. Je me dis qu'elle ne débloque pas, en fait, elle flash-backe.

— Ne détourne pas la tête, Victor. Je sens bien dans tes yeux que c'est Günther. Dis-moi que non !

Je me tais, histoire de détourner sa colère vers un nazi qui doit être mort depuis longtemps. L'effet n'est pas du tout ce que j'attendais. Elle flageole, et j'ai juste le temps de la retenir par la taille.

— C'est à cause de moi, murmure-t-elle, les yeux noyés de larmes. Quand j'ai appris que la Gestapo te gardait comme otage, je lui ai avoué qu'on était ensemble. Il m'a promis d'obtenir ta libération, mais... il n'a pas pu s'empêcher...

Sa voix se brise. Je ne sais pas si je dois l'enfoncer

ou le blanchir de circonstances atténuantes, son Günther. Tout ce que je me dis, c'est que la mamie, dans sa jeunesse, ça devait être une sacrée chaudasse...

Comment ? Mais non, je ne suis pas hors sujet : je vous explique son état psychologique, et la façon dont moi, spontanément, pour protéger mon identité de grutier, je suis entré dans son jeu. Sinon, vous ne comprendrez rien à nos rapports ni à ce qui va suivre. Le but de ma garde à vue, capitaine, c'est de savoir si j'avais ou pas des raisons de m'en prendre à Mme Larmor-Pleuben, et pourquoi on essaie de vous le faire croire. Non ? Donc je suis en train de vous répondre.

Ah oui, juste une chose importante que j'ai oublié de préciser tout à l'heure, dans la chronologie. Pendant que l'interne était au téléphone, j'en ai profité pour consulter le texto qui venait de biper dans ma poche. Et là, c'est l'horreur. Mon collègue Vlad m'écrit : « Tu as chargé une Rolls Phantom sur Pergolèse ? Le kir dit qu'y aurait une PH à l'arrière. » Ça y est, je suis foutu.

Oui, pardon. Le kir, c'est comme ça qu'on appelle le contrevenant en instance de règlement, celui qui se présente à la fourrière pour payer sa prune et ses frais d'enlèvement. Et une PH, c'est une personne dans l'habitacle. Autrement dit, c'est la cata. La cata cosmique. En plus de Robespierre et saint Médard, je ne sais pas les toxines que je me charrie dans les gènes, mais vraiment je suis maudit. Et qu'est-ce que je viens de voir, en plus ? On est en plein dans le champ d'une caméra de surveillance.

Comment je réagis ? Devant nous, un taxi Opel vient de débarquer un type avec le bras dans une attelle. J'engouffre la mamie à sa place en lui disant que d'accord, on file manger son kouign. Je m'assieds sur la banquette à côté d'elle, je referme la portière. Le chauffeur me demande où on va. Sans même réfléchir, je réponds : rue Duvivier. Il démarre. Au moins, j'ai une sortie de champ crédible, par rapport à la vidéosurveillance. S'il y a enquête, l'interne dira qu'il m'a envoyé aux urgences psychiatrie : j'y vais.

Dès qu'on a rejoint l'avenue de la Grande-Armée, je ressors mon portable pour répondre au SMS de Vlad : « J'ai chargé la Rolls, oui, mais elle est vide. Viens la récupérer discrétos, j'ai dû laisser le Cruiser devant la clinique Maillot pour aller aux urgences, un kio m'a balancé du spray lacrymogène dans les yeux. » Il me répond : « No soucy, je te remplace. » Trop content, le Vlad. Pour une fois que c'est lui qui me rend un service, il se dit que ça efface l'ardoise. Comment, capitaine ? Oui, je mens bien, merci. Enfin, quand j'improvise. Là, avec vous, je pèse tout ce que je dis, parce que ça peut être retenu contre moi, je suis prévenu. Et c'est la vérité, toute la vérité, rien que la vérité, je le jure.

Oui, merci, volontiers. Court avec deux sucres. OK, c'est pas grave.

Pourquoi j'ai réagi comme ça ? Franchement, je ne sais pas. Enfin, si. Les jeunes comme moi dont personne ne s'est jamais soucié, ça devient des tueurs, des vers de terre ou des justiciers. Je n'y peux rien, j'ai coché la dernière case. Non-assistance à personne en danger, désolé, je suis incapable. Surtout une vieille, moi qui n'ai jamais eu de grand-mère dans les familles où on me plaçait. Et le fait qu'une femme aussi costaud, une héroïne de guerre partie de zéro pour devenir la troisième marque de biscuits en France finisse gâteuse, en plus ça me bouleverse.

Qu'est-ce que j'aurais dû faire ? La rapporter à la fourrière et perdre mon job, la laisser croupir en 39-45 dans un service d'urgence inapproprié, l'abandonner sur un banc façon SDF ? Je ne suis pas ce genre de type. Et puis bon, si vous voulez savoir, il s'est passé un truc quand elle me serrait contre elle. Je vous arrête tout de suite : je ne suis pas gérontophile, j'ai une sexualité tout à fait normale – enfin, quand la question se pose. Mais là, c'était la première fois qu'une mamie me prenait dans ses bras. Et quelle mamie…

Vous ne pouvez pas comprendre. C'est comme si, d'un coup, on me remboursait mon enfance.

N'empêche que ma première idée, vu les billets de cinquante euros dans sa trousse, c'est de demander au chauffeur de l'emmener où elle veut, quai de Grenelle, après m'avoir déposé au métro Porte-Maillot. Parce que l'urgence, pour moi, c'est d'aller me faire signer un arrêt de travail par mon voisin du dessus, le Dr Labib. Ben oui, souvenez-vous, j'ai raconté à mon collègue Vlad que j'avais pris un coup de spray lacrymogène dans les yeux : impossible de conduire. Le problème, c'est que l'autre est repartie dans son délire. Cramponnée à mon bras sur la banquette, elle sanglote en maudissant son Günther. Alors je m'efforce de démentir pour qu'elle me lâche : non, non, ce n'est pas lui qui m'a fait torturer. Sans transition, elle s'illumine et elle le bénit. Je me dis que c'est bon, je vais pouvoir me barrer. Le chauffeur est bloqué dans l'embouteillage au bas de la Grande-Armée. Je commence à lui donner l'adresse où déposer madame. Mais c'est là qu'un air de jazz retentit dans le couffin – c'est le neveu qui l'appelle, oui, absolument, comment vous avez deviné ? Vous êtes vachement fort, dites donc, l'air de rien. Vous me laissez dériver, mais vous gardez votre cap. J'aurais du souci à me faire, si j'avais quelque chose à me reprocher…

Oui, pardon, je reprends. Mais c'est vous qui m'avez coupé. Donc, Madeleine sursaute sous *Fly me to the Moon* – ça, elle m'en aura fait bouffer du Sinatra, et pas qu'en sonnerie de portable : des centaines de kilomètres en boucle sur son autoradio quand je l'ai conduite en Suisse, mais on n'en est pas encore là.

In other words / Please be true / In other words / I love you. Vous appréciez l'ironie des paroles dans ma situation… Non ? « En d'autres termes / S'il te plaît sois vrai / En d'autres termes / Je t'aime. » – ça perd beaucoup à la traduction, je suis d'accord. Bref, elle sursaute, et d'un coup elle revient au présent, comme si l'appel de son portable la réactualisait. Elle se tourne vers moi, me dévisage avec un air glacial. D'une voix de chef d'entreprise, elle me demande quelle heure il est, qui je suis. Je réponds déjà à la première question. Ensuite, tandis que je m'apprête à prononcer le nom de Victor, en espérant la ramener soixante-treize ans en arrière pour limiter la casse, elle sort du couffin son vieux Nokia à clapet, prend l'appel et se crispe. Au bout de trois secondes, elle coupe son interlocuteur :

— Ça suffit, Étienne. Tu me raconteras ça devant les actionnaires. J'arrive.

Et elle me passe le téléphone, comme si j'étais son assistant. Sans un regard, sans un mot. Elle laisse aller sa tête en arrière et ferme les yeux. La voix s'égosille dans ma main :

— Tata ! Je ne t'entends plus ! Tata ? Réponds !

Elle laisse tomber d'un ton neutre :

— Dites-lui merde.

Je monte le portable à mon oreille et je me contente de dire allô. Après un instant de flottement, la voix de pète-sec me lance :

— Qui êtes-vous, le chauffeur du taxi ?

Je réponds oui, pour me couvrir. Il enchaîne d'une traite :

— Écoutez, je suis son neveu et tuteur, c'est une

personne souffrant d'Alzheimer qui a fait une fugue, on la cherche partout. Elle est inoffensive mais extrêmement fragile – où êtes-vous ?

Je lui dis que j'entends mal.

— Quelle adresse vous a-t-elle donnée ? 59, quai de Grenelle ?

J'émets un grognement ouvert à toutes les interprétations. Le taxi est toujours bloqué entre les barrières et les bulldozers devant le Palais des Congrès. À côté de moi, la fugueuse s'est remise à dodeliner, et sa tête s'abat soudain sur mon épaule. Je me fige, le cœur battant. Elle respire, mais elle ne bouge plus. Ça ressemble davantage à un coma qu'à du sommeil.

— Il est hors de question que vous la conduisiez à cette adresse, continue l'autre, c'est compris ? Elle n'est pas en état, la moindre émotion lui serait fatale. Dans quelles dispositions est-elle ?

Je lui dis que ça va : elle s'est endormie après m'avoir passé son portable.

— Très bien. Emmenez-la au 137, boulevard Haussmann, chez le Pr Mauvignon, rez-de-chaussée gauche. C'est le spécialiste qui la suit. Je le préviens, sa secrétaire vous réglera la course avec trente pour cent de pourboire. Merci.

Je réponds « C'est moi », pour le mettre en confiance, mais il a déjà raccroché. Là, capitaine, sans me vanter, j'ai un voyant rouge qui clignote. Elle a quand même le droit d'aller à son conseil d'administration, même si de temps en temps elle a le cerveau qui bugge – c'est son entreprise, merde ! C'est elle qui l'a créée de ses propres mains. Ce que j'en sais à l'époque, je vous l'ai dit, c'est ce qui est écrit sur les paquets, dans l'encadré au-dessous des ingrédients. La petite aide-pâtissière du château de Coëtnavel qui invente des recettes à dix-sept ans, tout en espionnant l'état-major allemand qui a réquisitionné le domaine. La résistante en herbe qui transmet les messages, ravitaille les parachutistes et réussit à sauver tant de vies que Charles de Gaulle, devenu président de la République, la nomme fournisseur officiel de l'Élysée, ce qui lance d'un coup sa biscuiterie. C'est quoi, cet héritier qui veut tuer la poule aux œufs frais ? Il est son tuteur, soi-disant. Un tuteur, ça sert à tenir debout, pas à creuser la tombe !

On est à vingt mètres de la bouche de métro, et je n'arrive pas à m'arracher du taxi. C'est mon éternel problème dans la vie : je prends sur moi les soucis des autres pour ne plus penser aux miens.

Elle murmure dans son sommeil :

— Mon Victor...Tu es là ?

J'acquiesce, tout en remettant le portable dans le couffin plein de dossiers. Du coup, je prends celui du conseil d'administration en question, je l'ouvre... Parfaitement, et alors ? Je ne vois pas ce qui vous choque : on a été mariés deux mois, j'ai le droit de m'intéresser à nos affaires. Oui, pardon de vous casser le suspense, le Pleuben de Larmor-Pleuben, c'est moi. Je veux dire : c'est Victor. Elle l'a épousé à la fin de la guerre, mais il est mort des suites de la pneumonie qu'il avait chopée dans la baignoire des nazis pendant son interrogatoire. Elle ne s'en est jamais remise, comme vous avez pu voir. Mais ne me faites pas perdre mon fil.

Je regarde l'ordre du jour du conseil d'administration, donc. Et là, je peux vous dire une chose : ce que je lis, même si je n'y connais rien, ça me révulse ! Première résolution soumise au vote : le conseil prend acte de l'incapacité de sa présidente, approuve le transfert de ses parts au profit de son neveu, ainsi que l'exercice de ses fonctions qu'il assumera à compter de ce jour, en vertu du mandat de protection future qu'elle lui a signé six mois plus tôt – un papier qui lui permet de tout diriger à sa place, dès lors qu'un expert en psychiatrie certifie qu'elle n'a plus ses facultés mentales. Et l'attestation du Pr Mauvignon est annexée à l'ordre du jour.

Oui, capitaine, je confirme. Mot pour mot. J'ai appris par cœur, tellement ça m'a foutu la rage. Et ce n'est pas tout. Deuxième résolution : le conseil, je cite, approuve le projet de fusion-acquisition proposé par les avocats du groupe hollandais Nutrinium et autorise son président à négocier avec eux, au mieux des intérêts de la société, la cession de 49 % des actions de Mamie Larmor. Au moins, c'est clair : il la dépouille de son vivant. Je comprends pourquoi il préfère éviter qu'elle assiste au conseil.

Oui, vous me direz, tout ça est peut-être très normal, c'est vrai. Elle vient quand même de me prendre pour son amoureux de la dernière guerre, et si elle dirige sa boîte avec le même discernement, il y a de quoi se faire du souci... Mais, je ne sais pas, je sens derrière tout ça des relents de magouilles qui me mettent très mal à l'aise. Ça ne me regarde pas, d'accord. Sauf que je vous ai dit : non-assistance à personne en danger. On ne se refait pas.

Je reconstitue l'historique dans ma tête : par hasard ou par une indiscrétion, la vieille PDG découvre dans sa Bretagne le programme du conseil d'administration, elle décide de prendre le premier avion pour s'y opposer, le neveu l'apprend, il envoie sa voiture à Orly pour la rediriger en douce vers le cabinet de son psychiatre, le chauffeur s'arrête en chemin pour lui acheter son Kantérol, et c'est là que j'arrive et que je l'enlève sans le faire exprès. Eh oui, capitaine, que je le veuille ou non, je suis impliqué dans l'affaire. Moralement. Je ne peux pas l'abandonner pour me tirer en métro, comme la raison me le conseille.

Je continue à lire les différents documents pendant que le taxi essaie de se faufiler au milieu des klaxons. Elle dort toujours sur mon épaule, mais beaucoup plus calme, apaisée. Comme si elle sentait que je m'inquiète pour elle et, du coup, ça lui enlève un poids. Elle m'a refilé ses soucis, quoi. D'un autre côté, je peux me consacrer à elle, maintenant que je suis rassuré sur mon sort. Rien n'est réglé, mais j'ai paré au plus pressé : Vlad a ramené mon Land Cruiser à la fourrière avec la Rolls vide, je ne risque plus la mise à pied. Dès que je rentre à Bobigny, je me fais donner trois jours d'arrêt de travail et, dans l'immédiat, je suis libre de conduire la mamie où je veux, puisque son neveu me prend pour un taxi. En tout cas, ça ne sera pas chez leur Pr Mauvignon, qui ne manquerait pas de la neutraliser en tant qu'expert signataire de sa maladie mentale. Parce que, déjà que je trouve que ça sent le pâté, leur histoire, je viens de ramasser un papier qui me retourne le cœur en trois secondes. Le faire-part plié en deux qui est tombé de sa trousse quand elle a sorti son portable. Je le déplie et je lis :

Madeleine Larmor-Pleuben,
PDG des Biscuiteries Larmor,
Croix de guerre 1939-1945,
Compagne de la Libération,
vous convie à son 93e et dernier anniversaire,
le jeudi 27 septembre à partir de 17 heures
à l'Ermitage Beauséjour, Lausanne (Suisse).
Goûter dînatoire.
Dégustation de grands crus de Bourgogne.
Suicide assisté à 21 h 30.

Je ne sais pas vous, mais moi je m'identifie au quart de tour. Pas dans le même contexte, bien sûr, mais si comme elle j'avais le cerveau qui coule une bielle, j'irais me jeter sous le métro – la ligne 1, automatisée, pour éviter de traumatiser le conducteur. Me voir diminué dans le regard de ceux qui m'aiment, pas question – même si je suis seul au monde.

Le ventre serré, je contemple la petite vieille qui roupille sur mon épaule. La mascotte qui a fait son temps, la mamie obsolète qu'on a poussée vers la tombe et qui va faire le boulot toute seule, pour ne pas déranger. Pour que son pourri de neveu récupère ses biscuits en gardant les mains propres. Seulement là, ce matin, elle n'est plus d'accord, à cause du projet de vente, et il veut la mettre hors d'état de nuire à coups de cachets.

À ce propos, un vilain doute commence à germer dans ma tête, et je sors mon portable. Je veux en avoir le cœur net. Sauf qu'il se met à battre à cent à l'heure, comme chaque fois que j'appelle Samira. C'est ma voisine, à l'époque, la fille du Dr Labib et la femme de ma vie, même si elle n'en sait rien – enfin si, elle s'en doute, mais elle s'en tape. Les mecs, pour elle, c'est des nuisances. Je la côtoie le dimanche, elle est prof de sport bénévole dans l'assoce où je conduis le minibus, et il me faudrait des siècles pour que ma gentillesse fasse oublier ma condition masculine.

Si vous y tenez. Labib Samira, née le 13 août 1995 à Bobigny, domiciliée cité Olympe II, bloc Artémis, 1 mètre 75, étudiante, championne de catch amateur Île-de-France sous le nom de Calamity Sam, célibataire, sans enfant, un chien qui est mort, un père génial, un frère à charge. Elle est originaire du bloc Zeus, qui a brûlé juste au moment où Marjolaine s'est barrée – mon ex. C'est fou, quand on y pense, le destin. Vous connaissez le proverbe : la nature a horreur du vide. Sam était insomniaque, à l'époque, et elle me cassait les oreilles avec ses haltères qui retombaient sur le parquet. Quinze jours après son emménagement, j'étais monté à minuit pour me présenter et protester contre le bruit. Elle m'avait ouvert avec le tee-shirt collé par la sueur sur les seins, j'étais tombé raide accro en deux secondes et, depuis, je le dissimulais avec un air distrait chaque fois que je la croisais, de peur de prendre un râteau.

Elle décroche à la troisième sonnerie et lance avant que j'aie eu le temps de dire allô :

— Ouais, Maxou, qu'est-ce qui se passe ?

Moyennement aimable. Et je déteste qu'elle m'appelle Maxou. Ça dévirilise ; du coup j'en remets dans le côté mascu et ça l'énerve. Le seul point positif, c'est qu'elle m'a enregistré dans ses contacts. Mais c'est peut-être en tant qu'indésirable. Pour éviter de me prendre si elle a autre chose à faire. C'est vrai que la plupart du temps, quand je l'appelle, c'est que j'ai trouvé un toxico en vrille dans notre cage d'escalier. Du coup, les trois ou quatre fois où c'était juste pour lui proposer de prendre un verre, ce n'était plus dans le mood et je n'ai pas osé ; je lui ai simplement demandé de ses nouvelles et c'était nul, vu qu'elle n'a jamais le temps de causer pour rien. Mais cette fois-ci, j'ai un vrai prétexte pour la déranger, alors j'attaque franco :

— Sam, juste une question sur un médoc. Si on associe le Kantérol et le Pentarex, c'est possible qu'il y ait des effets secondaires ?

Un blanc. Puis elle lance :

— Tu déconnes ? Si tu veux te faire interner pour démence précoce, t'as fait le bon choix. Ne me dis pas que t'as un pote qui se tripe avec ce genre de cocktail ?

J'ai ma réponse. Elle est étudiante en pharmacie et, même s'ils sont en grève les trois quarts du temps, elle sait ce qu'elle dit. Je lui demande si elle est chez elle et je donne au chauffeur notre nouvelle destination.

Très bien, le café. Un peu froid, mais bon, c'est ma faute. Je parle, je parle… On en reprend un ? Comme vous voulez. D'un autre côté, c'est vrai que le café appelle la clope, et je suppose qu'en garde à vue, la pause cigarette sur le trottoir n'est pas prévue dans les options.

La dernière fois que j'ai vu *la disparue* ? Enfin, capitaine, vous avez fouillé mon iPhone ! Vous avez lu son texto daté de ce matin 7 h 26 : « Tout va bien, ne t'en fais pas pour la voiture, on te prépare une très belle surprise. » C'est bien la preuve qu'elle n'a pas *disparu* : elle a juste modifié son planning. Au lieu d'arriver à son usine à 7 h 15 comme tous les matins, elle est partie en balade avec ma fiancée pour m'acheter un cadeau. Ce n'est pas ma faute si vous n'arrivez pas à la joindre. Et vous n'allez quand même pas lui reprocher d'éteindre son téléphone pour conduire…

Mais si, je vous réponds ! La dernière fois que je l'ai vue, c'est hier après-midi, à la biscuiterie de Plougarnic. Elle est retournée chez elle vers 17 heures, moi à 19 h 30, et elle n'a pas dîné. Je pense qu'elle avait besoin d'être seule. Elle a écouté du jazz dans sa chambre une partie de la nuit. C'est une date difficile pour elle, aujourd'hui, depuis soixante-treize ans : Victor est mort dans ses bras le 30 octobre. Et c'est peut-être plus difficile encore cette année, à cause de moi. À cause du passé que j'ai réveillé sans le vouloir, et de tout ce qui a suivi…

Oui, « Ne t'en fais pas pour la voiture », je comprends l'allusion. Je viens de lui faire un réglage de carbu, je lui ai recommandé hier matin de ne pas trop tirer dessus à froid ; elle a voulu me rassurer, c'est tout… Mais enfin, qu'est-ce qu'il vous a raconté, son neveu ? Si, excusez-moi, ça me regarde ! Je dormais tranquillement, vous venez me tirer du lit pour m'emmener ici menottes aux poignets, vous me signifiez ma garde à vue parce qu'un jaloux hystérique invente que j'ai éliminé sa tante, vous me dites que j'ai le droit de prévenir un avocat et je tombe sur la messagerie, normalement ça ne compte pas mais pour vous si, vous me refusez de passer un deuxième appel et vous me foutez au secret dans ce bureau comme si j'étais un fiché S – pardon, mais je n'ai que deux manières de réagir : ou je suis gentil et je le prends à la blague, ou je m'énerve.

Non, non, tout va bien, on se détend. Vous m'avez dit en arrivant : On est juste là pour discuter, pour vérifier quelques points – eh ben allons-y. Discutons. Laissez-moi continuer mon récit dans l'ordre, comme vous me l'avez demandé, et après on discute. Ça marche.

*

On arrive donc à la cité. Madeleine est toujours dans le coaltar, je la secoue en douceur et, quand elle se réveille, je suis de nouveau Victor. Elle a peur que les Allemands nous suivent. Je la rassure : on les a semés. Elle me demande où je l'emmène. Je décide d'y aller progressif, à l'instinct, pour ne pas la perturber dans son délire. Je réponds :

— C'est la planque de mon copain Max. Il n'est pas là.

Alors elle murmure d'une voix rauque :

— Petit fripon… tu es sûr que c'est raisonnable ?

J'évite le regard du taxi dans le rétro. Tandis qu'il me rend la monnaie sur le billet de cinquante que j'ai sorti de la trousse en tapisserie, elle fredonne un air de jazz en dessinant un cœur sur la cuisse de mon jean. Sans marquer de réaction, je l'aide à sortir de l'Opel. Je lui accroche son couffin à l'épaule, je vérifie qu'elle tient sur ses jambes. Elle me dévisage avec – comment dire ? Un air d'impatience gamine qui fait froid dans le dos. Je lui boutonne son duffle-coat, je renfonce son bonnet de Schtroumpfette pour éviter qu'on la reconnaisse. Elle me prend le bras. La tête rentrée dans les épaules, je marche vers mon bloc d'un air naturel, comme si je ramenais à la maison une vieille de ma famille. La tempe gauche posée contre mon biceps, elle demande doucement :

— Ça ne te gêne pas que nous excitions les jalousies ?

Je dis : Pas de souci. Alors elle se serre contre moi, sans un regard pour les cubes de béton armé peints en vert pomme pour diminuer la délinquance. C'est comme le nom. Un dieu de l'Olympe à chaque bloc : Zeus, Aphrodite, Héphaïstos, Athéna, Poséidon… Je pense que c'était un projet culturel de la mairie, au départ, pour nous apprendre la mythologie grecque, mais au final ça n'a fait que renforcer le communautarisme, l'appartenance géographique à tel ou tel dieu… Une cause de bagarre en plus, quoi. On enjambe les shootés du hall et je l'aide à monter l'escalier entre les sacs-poubelle sans attendre que l'ascenseur se libère – il sert de cabine de travail aux putes SDF du Ford Transit que les salafs ont brûlé en janvier, sur le parking de l'Héphaïstos.

Non, je ne m'égare pas dans le descriptif, c'est pour vous aider à cerner mon profil. Parce que bon, dans le Finistère, vous avez un peu de mal à vous imaginer comment on vit dans le Neuf-Trois. Bien sûr, j'aurais pu déménager. Depuis trois ans que je vis seul, je n'ai plus besoin d'un 53 mètres carrés. Avec un fixe de 2 075, j'aurais trouvé sans problème à me reloger en plus petit dans une cité moins glauque. Si je suis resté, c'est uniquement pour entendre Samira marcher sur ma tête. Comme ça vous situez mon état, à l'instant où je vais sonner à sa porte avec une vieille en mode Alzheimer. Enfin il m'arrive un truc ! Enfin je vais devenir intéressant !

Sauf que, d'abord, je m'arrête dans mon appart pour faire pipi. Je ne vais pas débarquer chez elle en demandant les toilettes. Je glisse ma clé dans la serrure, et voilà que Mamie Larmor se plaque dans mon dos en murmurant des mots d'amour. Du lourd, si vous voyez ce que je veux dire. Je ne vous donne pas le détail, par respect pour sa mémoire…

Comment ça, je me suis trahi ? Mais vous faites une fixette, vous ! « Sa mémoire », ça signifie ses souvenirs avec Victor, ça ne veut pas dire qu'elle est morte ! Par respect pour *leur intimité*, voilà, ça vous va, ça ? Désolé de vous décevoir, mais je vous fais des confidences, là, pas des aveux. C'est clair ? Arrêtez de croire les conneries que vous a balancées le neveu, sinon, je vous préviens, on arrête tout de suite, je refuse de répondre à vos questions, j'attends que mon avocate me rappelle comme la loi m'y autorise, et vous verrez votre douleur. C'est une star du palais de justice d'Évreux, je vous signale, un vrai pitbull. Elle a déjà fait condamner une dizaine de collègues à vous pour violation des droits de l'accusé. Parfaitement ! Je l'ai rencontrée en Suisse avec Madeleine, elle a très bien vu comment on fonctionnait tous les deux, et elle vous démontrera en dix secondes que vos soupçons c'est de la daube. Moi, je voulais vous épargner une humiliation, mais si vous continuez à me jouer les Colombo du biniou, je la fais venir d'un coup de TGV et, d'ici là, plus un mot !

*

Non, non, ça va, on oublie. C'est moi qui m'excuse. Je suis un peu à cran, parce que je vous raconte une belle histoire et que vous salissez tout en me prenant pour un gigolo qui abuse d'une vieille – alors qu'au départ, sans me vanter, ça a failli être le contraire. Mais si ça ne vous intéresse pas, très bien, je passe. On saute directement à mon arrivée en Bretagne, aux frictions que ça crée dans sa famille, au voyage en Suisse et aux préparatifs de mon mariage. Mais ne venez pas vous plaindre si, du coup, vous vous retrouvez largué au niveau de l'évolution psychologique.

Pas de souci. Je suis là pour vous aider, moi. Sans vouloir vous vexer, on voit bien que vous débutez, question interrogatoire. C'est votre première garde à vue, j'imagine. Ah bon ? On ne dirait pas. En tout cas, je peux vous garantir que votre dossier d'accusation, en l'état, il ne passera jamais. N'espérez pas me déférer. Je les connais par cœur, les juges. Surtout les juges pour enfants, mais c'est tous le même profil : ils détestent deux choses, perdre leur temps et se faire taper sur les doigts quand ils se retrouvent obligés, comme avec moi, de prononcer un non-lieu pour défaut de preuves. J'ai bien vu, en 2012, quand l'un de mes pères d'accueil a porté plainte contre moi pour attouchements sur sa fille, alors qu'elle m'avait sauté dessus et que j'étais consentant. Le flic qui m'a déféré, il est à la circulation, aujourd'hui. C'est ce qui vous pend au nez si vous continuez à me soupçonner, je préfère être honnête avec vous. Homicide ? Y a pas de cadavre. Abus de faiblesse ? Madeleine est plus forte que tout le monde, elle manipule qui elle veut, quand elle veut – je suis bien placé pour le savoir.

Vous voulez que je vous dise ? Si ça se trouve, c'est complètement prémédité. C'est ça, la « surprise » dont elle me parle dans son texto. Elle s'est planquée quelque part, exprès, elle joue les disparues pour que le neveu se dise : Ça y est, j'ai de quoi dégommer le Neuf-Trois. Du coup, alors qu'il faisait semblant d'être sympa avec moi devant elle, il montre son vrai visage. Il porte plainte, il me fait coffrer pour présomption d'assassinat, et c'est là qu'elle réapparaît comme une fleur pour le confondre. Il a dévoilé son jeu : il me fait passer pour un meurtrier comme il l'a fait passer pour une dingo, maintenant elle sait à quoi s'en tenir, et comme ça elle le déshérite sans remords. Ça, voyez, ça tiendra debout dans votre rapport. C'est ça, la psychologie de Madeleine. C'était une héroïne de la Résistance, n'oubliez pas, une espionne de première, une reine de l'enfumage, et je l'ai remise dans le contexte.

Non, non, je vous en prie. Prenez votre temps. Je peux passer un coup de fil, pendant que vous êtes aux toilettes ? OK, ça ne coûtait rien d'essayer.

Oui, j'ai un casier, et alors ? C'est une erreur judiciaire. Je n'ai rien dissimulé, j'attendais que vous me posiez la question. Je n'allais pas attaquer par bonjour, vous faites bien de me soupçonner, j'ai un casier. Mais vous avez vu ce qu'il y a dedans, capitaine : c'est ridicule ! J'avais dix-huit ans et j'étais en légitime défense. Quand on insulte une femme que j'aime, moi, je réponds. D'autant plus qu'avant ça, j'avais encaissé quatre ans de coups et blessures sans moufter. C'était l'un des faux-pères chez qui m'avait placé la DDASS – celui qui avait porté plainte contre moi en me trouvant dans le lit de sa fille. Alexandre Végard, un ancien correcteur de *Valeurs actuelles* viré pour faute de frappe. Le français que je parle, c'est à lui que je le dois, je le dis sans rancune. Parce que, chez lui, il n'y avait pas que la langue qui était châtiée. Chaque erreur de syntaxe, c'était une torgnole. La chose que je n'ai pas supportée, c'est qu'il traite sa fille de pute pour avoir déclaré au juge qu'on faisait l'amour de son plein gré, ce qui m'avait valu un non-lieu. Et là, j'ai pris trois mois ferme pour un coup de boule.

Oui, oui, j'entends bien, c'était juste pour causer. Pour affiner mon profil. Je suppose que c'est le neveu qui vous a branché sur mes « antécédents judiciaires », comme il dit. Attendez que je vous balance ce que, moi, j'ai découvert sur lui. Mais on n'en est pas encore là. Je peux reprendre ? Dans l'ordre, à mon rythme et sans m'interrompre, d'accord ? Ça marche.

On est donc sur mon palier, et l'héroïne de la guerre de 40 est en train de me peloter en tant que Victor. Je ne lui fais pas de réflexion, mais je me dis : Quand même, elle n'est pas gênée, la Bretonne. Sans parler de la différence d'âge – elle ne s'en rend plus compte, OK –, elle pourrait au moins me laisser le temps de souffler. C'est vrai, je sors quand même d'une prison de la Gestapo ! Un peu de respect pour ce que j'ai souffert, non ?

Et voilà qu'elle me demande avec une boule d'angoisse au creux de la voix :

— Dis-moi franchement, mon chéri, tu me trouves changée ?

Je lui jette un regard en coin tout en ouvrant ma porte. Avec une sincérité parfaite, vu qu'on se connaît depuis moins d'une heure, je dis non.

— Toi, en revanche, tu n'es plus le même… C'est fou comme tu as… mûri.

Je la remercie. La main aux doigts tout déformés se pose sur ma joue.

— Tu sais, mon Victor, il ne s'est rien passé avec Günther. Ni avec Tanguy. Jamais je n'ai désiré un autre homme, tu es le seul qui compte.

Je réponds que c'est bien aimable, mais qu'il faut avoir un peu de patience, parce qu'il n'est pas encore au mieux de sa forme, son Victor. Alors, d'un petit air coquin, elle réplique qu'elle sait très bien comment me rafraîchir la mémoire. Et là, je sens une sueur froide me couler dans le dos.

Oui ? Vous êtes mignon comme ça, le doigt levé, comme à l'école. Vous avez une question ? Ben allez-y, c'est votre métier. J'apprécie la délicatesse, en tout cas. Voyez, quand chacun y met du sien.

Pourquoi je l'ai emmenée chez moi ? Ça me paraît clair, non ? Pour faire d'une pierre trois coups. Sam est étudiante en pharmacie, comme je vous l'ai dit, son père est médecin par rapport à mon arrêt de travail et, en plus, elle a le commissaire de Bobigny qui est raide amoureux d'elle. Quand les gamins défoncés qu'elle essaie de réinsérer par le sport se font serrer pour un casse, elle va plaider leur cause avec ses nichons comme circonstances atténuantes, et il les relâche. Vu qu'à l'époque elle ne me calcule absolument pas, je me suis dit que son commissaire serait OK pour m'arranger les bidons en rétablissant la vérité, si jamais on m'accusait d'enlèvement. Ben oui, capitaine, quand on a la vie que j'ai eue, on apprend à évaluer les risques et les alliés, sinon on est mort.

Je peux continuer ? Donc, je fais entrer ma peloteuse et je l'assieds sur mon canapé. Ça, mon canapé, faut que je vous fasse une parenthèse, parce que c'est lui qui raconte le mieux qui je suis. Quarante euros par mois, le haut de gamme de chez Home Center, mais ça les vaut. Croûte de cuir façon buffle, modèle Montana convertible. Je l'ai acheté dans un élan d'optimisme, quand Marjo m'a quitté. La fille du correcteur. Une voix à tomber, j'ai toujours cru en elle, je lui écrivais les paroles de ses chansons dans ma cellule à Fresnes. Quand je suis sorti, j'ai décroché un CDI à la fourrière – le seul endroit où les ex-taulards sont prioritaires à l'embauche : ils sont moins regardants. Du coup, j'ai pu me louer le F2 où elle est venue me rejoindre. Un an de bonheur dingue. J'ai envoyé ses maquettes à *The Voice*, elle a été sélectionnée, je l'ai préparée comme une bête pour les auditions à l'aveugle. Elle a gagné, et elle est partie en me piquant mes textes pour se maquer avec un producteur. Voilà, vous y êtes. Marjolaine Végard. Je vois dans vos yeux que ma cote vient de grimper. Mais pour qu'elle vous signe un autographe, il fallait m'arrêter plus tôt – on ne s'est pas parlé depuis trois ans.

Donc, elle se barre, je suis encore accro mortel à elle, impossible de jeter les quelques fringues qu'elle a laissées, c'est vous dire. Pire : incapable d'envisager une seconde de faire l'amour à une autre qu'elle dans notre lit, mais bon, j'ai vingt-deux ans à l'époque, la vie continue. Alors j'achète le Montana. Histoire d'avoir un matelas vierge, quand l'occasion se présentera. Sauf que… Déjà, je ne faisais pas le métier idéal par rapport aux gonzesses, vous vous en doutez bien. Ce n'est pas en soulevant leur voiture qu'on a le plus de chances de les tomber. Et même celles qui ne conduisent pas, d'une façon générale, elles préfèrent les cabriolets BM aux remorqueuses de la fourrière. Bref, il me restait dix-huit mensualités et, quand je voyais l'usage que je faisais de mon canapé-lit, je me disais que j'aurais mieux fait de m'acheter le modèle fixe à cinq cents euros de moins.

Pour tout vous avouer, je ne l'avais déplié que deux

fois. Mes deux seules touches, avant Mamie Larmor. Et quand je dis « touches »... Deux thons pêchés dans la pénombre d'une teuf de Nouvel An chez Vlad à La Courneuve. Une commerciale de Numéricable avec des confettis dans les bourrelets, en 2017, et, au dernier réveillon, l'aide-comptable de la fourrière Foch, une planche à repasser dépressive qui écrit des poèmes le week-end et qui m'avait demandé une consultation en tant qu'auteur de chansons – je lui avais donné mon métier de départ pour créer un point commun, gentiment, en la voyant larmoyer dans son gobelet de mousseux.

Ne vous marrez pas, merci. Je sais bien que je ne suis pas Justin Bieber, mais quand même : mon tableau de chasse, à l'époque, c'est le Mur de la honte. Peut-être parce que je suis amoureux en secret d'une fille trop bien pour moi, alors je trouve moches toutes les autres, histoire de me conforter dans l'inaccessible.

En plus, Samira dort au-dessus de mon canapé-lit. Le lendemain de la Saint-Sylvestre où l'aide-comptable avait beuglé en croyant me faire honneur, je ne vous raconte pas la petite lueur dans ses yeux, quand je l'ai croisée dans l'escalier : « C'était juste un coup d'un soir, ou je dois prévoir d'investir dans des boules Quies ? » Vous imaginez ma réponse. Voilà, c'était l'état des lieux, juste avant le coup de théâtre qui allait tout changer.

Donc, j'assieds la mamie dans le Montana, et je fonce aux toilettes. Quand je reviens, elle gît sur l'accoudoir et elle ronfle en marmonnant. J'en profite pour vite grimper au quatrième. Je me recoiffe sur le paillasson, je remonte le col de mon blouson de fourrière façon bad boy, j'avale une bouffée d'air pour être au mieux de ma forme, et j'appuie mon index sur l'étiquette Labib en me composant un sourire soucieux. Samira ouvre au sixième coup de sonnette, en jogging fluo et gants de vaisselle.

— Bonjour, Sam. Ton père est là ?

— Non, il passe en commission disciplinaire au Conseil de l'ordre sur plainte de la Sécu, me balance-t-elle comme si c'était ma faute. C'est quoi, ton problème ?

Je baisse les yeux. Je ne peux jamais fixer plus de cinq secondes son regard bleu piscine. Je m'y noie l'âme, j'y perds ma flamme, comme je dirais si j'écrivais encore des tubes. Je suis désolé pour son père. C'est un type formidable : il remet sur pied les drogués en overdose sans prévenir la police, et il retire gratuitement les balles que les braqueurs du quartier chopent dans l'exercice de leurs fonctions. Le seul souci avec lui, c'est qu'il vire à coups de pompe les visiteurs médicaux qui lui offrent des séminaires à la mer en échange de la prescription de leurs médocs, et en plus il s'obstine à guérir les cancers avec de l'homéopathie, du venin d'abeille et des herbes secrètes de son Maroc natal, alors la Sécu l'a dans le nez et veut sa peau.

Comme j'observe une minute de silence par respect pour lui, Sam me relance :

— Tu craches ton blème ou tu te casses, merci, j'ai le lave-vaisselle en panne.

J'exprime ma compassion et, prenant mon courage à deux mains, je lui explique la situation : voilà, j'ai gruté par inadvertance une vieille en dérangement au fond d'une Rolls, elle me prend pour son futur mari qui sort d'une séance de torture pendant la guerre de 40, elle croit qu'on a vingt ans, elle a oublié qu'elle est veuve et, comme d'après toi c'est la faute de ses médocs, j'espérais que ton père pourrait discrètement me la remettre d'aplomb, parce que non seulement son neveu la recherche pour la faire interner, mais on me voit avec elle sur une vidéosurveillance et, si elle ne retrouve pas la mémoire du présent pour me disculper, les flics vont s'imaginer que je l'ai kidnappée, étant donné que c'est la PDG des biscuits Larmor.

Sam m'a regardé parler d'une traite avec une lueur d'intérêt grandissante – de ce côté-là, au moins, c'est gagné. Elle m'attrape le bras, sidérée.

— Les quat'-quarts fourrés fraise ? Allez ? T'as chez toi la Mamie Larmor des quat'-quarts fourrés fraise ?

Je confirme avec un air modeste, le bras délicieusement mouillé par son liquide vaisselle. Elle insiste :

— La vieille Bretonne sur les paquets… c'est pas du pipeau marketing, alors ? T'es en train de me dire qu'elle existe pour de vrai ?

Dans ses yeux qui me fixent, l'incrédulité a fait place à l'admiration et ça fait du bien, pour une fois. Il faut dire que les quat'-quarts individuels fourrés fraise, c'est la base des goûters énergétiques qu'elle fait miroiter à ses Action Seniors pour leur donner envie de faire du sport avant. Mais son sourire s'efface d'un coup.

— Attends, c'est elle qui est sous Kantérol et Pentarex ?

Je hoche la tête d'un air peiné, vu l'ambiance de

catastrophe dans sa voix. Et j'en remets une couche, pour bien dramatiser la situation à mon profit – il faut me comprendre, capitaine, ce n'est pas tous les jours qu'un type comme moi est le centre du monde.

— J'ai eu son neveu au téléphone, Sam – enfin, il a cru que j'étais le chauffeur du taxi. Il m'a dit de l'emmener chez le Pr Mauvignon, mais comme j'ai vu sur les papiers que c'est l'expert qui l'a déclarée Alzheimer, j'ai pas trop confiance. Tu penses vraiment que c'est les médocs qui la font partir en vrille ?

— Évidemment ! Je t'épargne la description des molécules, mais si elle combine un anticholinergique à base de kétamine avec un stimulateur d'acétylcholine de la classe Pentarex, non seulement ça ne traite pas l'Alzheimer, mais ça en aggrave les symptômes : ne t'étonne pas si elle ressuscite les morts en se prenant pour Miss Bretagne. Tu demanderas à mon père, y a pas un médecin digne de ce nom qui te prescrirait ces deux merdes en même temps. À moins de la déglinguer exprès pour lui prendre sa thune.

J'abonde dans son sens en lui parlant des documents que j'ai trouvés dans son couffin. Elle m'enfonce l'index dans le sternum.

— Et tu dis qu'un expert-psychiatre au courant de ces prescriptions à la con la fout sous tutelle familiale au lieu de lui changer ses médocs ! J'hallucine, là. Il se fait arroser par le neveu, ou quoi ?

Je lui réponds que c'est bien l'impression que ça donne. Elle enlève dans un claquement furieux ses gants de vaisselle.

— Et c'est mon père qu'ils veulent radier, ces chacals ! Dans ce pays de merde, si t'es pas un escroc ou un nul, t'es mort !

Je confirme, par expérience. Elle fonce jusqu'à la salle de bains, prend dans l'armoire à pharmacie une seringue et un flacon. En revenant au pas de charge, elle attrape ses clés dans une corbeille.

— Allez, Maxou, on gicle !

Je lui demande ce qu'il y a dans son flacon.

— Un calmant pour ta meuf.

En m'abstenant de corriger l'appellation, je me permets de lui faire remarquer que l'objectif n'est pas qu'elle s'endorme, mais qu'elle se réveille. Qu'elle revienne dans le réel.

— Justement, gars : quand elle se rappellera que t'es mort, je te raconte pas le choc. Un peu de psychologie, quand même ! Tu veux qu'elle nous fasse un infarc ? Je prends un tonicardiaque aussi, au cas où, ajoute-t-elle en retournant à la salle de bains. Allez, go !

Je la suis dans l'escalier, le pouls en folie. Le tonicardiaque, c'est déjà sur moi qu'il agit. Samira a dit *nous*. « Tu veux qu'elle *nous* fasse un infarc. » Ce n'est pas encore un appel du pied, mais c'est déjà une ouverture. Du coup j'en oublie la menace de licenciement, l'accusation de kidnapping, la vidéosurveillance, tout ce qui me prenait la tête depuis la clinique Maillot. Je ne sais pas comment vous fonctionnez sur le plan affectif, mais c'est fou l'état dans lequel me met Sam, d'un étage à l'autre. Le calme plat de l'optimisme et puis, l'instant d'après, le cyclone de catégorie 3 quand je lui ouvre ma porte pour la première fois. Je me dis que voilà, mon fantasme impossible se réalise, à deux ou trois variantes près. Je rêvais d'une rupture dans ses canalisations qui l'amènerait un jour à descendre en s'excusant pour m'aider à éponger la fuite, mais là c'est encore mieux. C'est une fée justicière qui entre chez moi avec une baguette magique en forme de seringue, tout va s'arranger, on va remettre la vieille à neuf pour qu'elle aille massacrer son neveu, et peut-être même que, pour fêter ça, je trouverai le courage d'inviter ma fée à dîner samedi soir.

Vous suivez, ça va ? Je n'ai pas l'habitude d'ouvrir mon cœur à un inconnu, alors fatalement ça sort comme ça vient. Je ne vous soûle pas trop ? Vous êtes gentil. Quand vous m'écoutez comme ça, j'en arrive presque à oublier ma situation – remarquez, peut-être c'est fait exprès, c'est une tactique. Vous installez un climat de confiance pour que je me trahisse. Mais je suis désolé, capitaine, il n'y a rien à trahir. À part le secret médical.

J'en étais où ? Merci. Donc, Sam s'avance vers le canapé-lit, sa seringue planquée dans le dos, en lançant gaiement de son ton de cheftaine à seniors :

— Alors, la p'tite mamie gâteau, qu'est-ce qu'on raconte de beau ? C'est cool de venir nous voir à Bobigny !

La mamie gâteau se réveille en sursaut. Estomaquée, elle jauge la créature de rêve à cheveux frisés, regard turquoise et jogging fluo qui lui sourit façon arnaque. Son visage se crispe à vue d'œil, et elle se tourne vers moi d'un coup de fesse.

— Victor, j'attends une explication. Qui est cette femme ?

M'arrêtant de la main, Sam lui répond avec son air suave et son débit de kalachnikov :

— Tout va bien, lui c'est Maxou de la fourrière Foch, moi je suis Samira sa copine et vous c'est Mamie Larmor, des biscuits du même nom, il vous a grutée sans le faire exprès avec son Land Cruiser, vous êtes veuve de guerre et vous avez près de cent ans, mais c'est pas grave : vous les faites pas.

Oui, je suis d'accord avec vous : côté psychologie, elle fait plus dans le sprint que dans l'endurance. Mais elle a dit : « Je suis Samira sa copine », et c'est surtout ça que je retiens. Madeleine, elle, s'arrache du canapé-lit, plante ses ongles dans mes épaules, à bout de bras, et glapit :

— Victor, mais enfin, explique-toi !

Il y a toute l'incompréhension du monde dans sa voix de vieillarde. En même temps, c'est comme une petite fille qui se raccroche à l'espoir en refusant la réalité :

— Tu ne m'as pas menti, ce n'est pas possible ?

J'échange un regard avec Sam et je réponds que si, un petit peu quand même, mais c'était pour ne pas lui faire de peine. Elle me secoue brutalement, comme un flipper quand la bille est coincée.

— Tu nous as laissé croire que tu étais aux mains de la Gestapo, et… et tu étais là, planqué chez cette gourgandine ! Alors que tu m'as juré ton amour éternel pour être mon premier homme ! Tu n'es qu'un traître, un lâche ! Un salaud !

Sam, qui avait introduit sa seringue dans le flacon de calmant, interrompt son geste pour me demander si gourgandine veut dire pute. Je nuance d'une moue.

Elle pose son matos sur la table et, avec sa délicatesse de catcheuse, fait pivoter l'amoureuse bafouée devant le miroir au-dessus du radiateur.

— On arrête le délire, Choupette, OK ? C'est toi, là, tu te vois ? T'es pas une jeune cocue : t'es une vieille dame. Regarde à côté de toi : *moi* j'ai l'âge que tu crois avoir, tu vois la différence ? J'ai vingt-trois ans comme celui que tu prends pour ton mec, et c'est pas ton mec, c'est mon voisin du dessous. Tu captes ? Ton Victor est mort, mais c'était pendant la guerre de 40, t'as eu le temps de t'y faire, on est en 2018 ! C'était un héros, pas un planqué, il t'a jamais trahie, alors tout roule : tu respires un bon coup et tu reviens à aujourd'hui. Tu te sens mieux, là, ça va ?

Noyée dans son reflet, Madeleine Larmor laisse couler ses larmes. Ses doigts tremblants touchent lentement les rides de ses joues sur le miroir. Dans un sursaut, elle arrache son bonnet, découvre ses cheveux blancs qui pendouillent. Sa main retombe, son visage reste immobile. Les yeux dans ses yeux, elle est en train de vieillir de soixante-treize ans en quelques secondes.

— Allez, c'est passé, conclut Sam en lui plaquant un bisou sonore sur la tempe. Au moins, t'as eu un vrai keum dans ta vie, tout le monde peut pas en dire autant. Et puis c'est génial d'être arrivée à ton âge ! Moi, ma grand-mère, je l'ai même pas connue, elle s'est fait tabasser à mort par son connard de mari au Maroc, et après il s'est achevé à l'alcool de figue – tu vois qu'y a pire que toi, dans la vie. En plus tu fais des bons quat'-quarts qui font kiffer les yeuvs que j'entraîne au foot, la guerre est finie, t'as gagné, t'es célèbre et t'as plein de thune. Où est le problème ?

Madeleine a détourné les yeux de son visage ravagé, elle est devenue toute molle et on a juste eu le temps de la rattraper. On l'a rassise dans le canapé où, les bras serrés autour de son maigre torse, elle s'est mise à osciller de droite à gauche comme un essuie-glace, le regard vide et sans un mot. Soudain très inquiète, Sam a appelé son père pour lui décrire les symptômes. Apparemment, le Dr Labib ne pouvait pas bien parler, à cause de ses confrères qui étaient en train de le sanctionner pour avoir guéri trop de gens avec des traitements non reconnus. Elle lui a conseillé de les enregistrer discrétos, ces bâtards, comme ça elle les balancerait sur Facebook, et elle a pris en note son ordonnance.

— Changement de médication, m'a-t-elle dit en raccrochant. Ce qui lui faut, c'est une douche froide, du café très fort et du Red Bull. Tu as ?

— Le Red Bull, non.

Elle me tend ses clés.

— Va prendre un pack dans mon frigo.

— Victor est mort ! s'écrie soudain Madeleine.

— Et ramène aussi trois des petits flacons sur ma table de chevet. Eau de mélisse des carmes Boyer, Wild Rose et Rescue en fleurs de Bach.

Je prends ses clés sans discuter. On est carrément dans la médecine folklorique, là, mais c'est eux qui savent. Son père fait des miracles, quand ses confrères lui foutent la paix, je suis bien placé pour en parler. L'été dernier, il m'a guéri une sciatique avec deux cuillerées de gelée royale dans une tisane de chiendent.

— Victor est mort, ressasse Madeleine en continuant de se balancer d'avant en arrière, serrée dans ses bras, Victor est mort…

— Mais il va bien, la rassure Sam. Il est au paradis.

— Il était communiste ! crie-t-elle dans un sanglot.

— Eh ben ils ont renversé Dieu, ils ont pris le pouvoir !

L'argument de la pharmacienne en herbe la laisse prostrée. J'allume la machine à Nespresso, montre à Samira la salle de bains, m'excuse pour les caleçons qui traînent. Elle me répond qu'elle a un frère. Je n'insiste pas, et je remonte dans son appart tandis qu'elle commence à déchausser mon ex-veuve.

L'émotion que je ressens au moment d'entrer dans sa chambre, je ne vous raconte pas. Spontanément, j'ai opté pour la porte décorée d'un angelot avec un arc à la main et une flèche dans le cul. Et là, je retombe sur terre. Les murs sont couverts de photos d'un biker à Ray-Ban, hyper-sexy. Heureusement, j'aperçois un bout de crâne rasé qui roupille sous la couette : je suis chez son frère. La chambre suivante, tapis de prière, vieux lit en bois sculpté et vitrine de stéthoscopes du Moyen Âge, c'est de toute évidence celle du Dr Labib. Dans la troisième, meublée salle de sport autour d'un matelas à même le sol, je trouve, sur la caisse de vins taguée qui sert de table de chevet, les petits flacons à l'étiquette ancienne qu'elle m'a indiqués. Je les fourre dans ma poche tout en regardant les oreillers. Le premier sent l'odeur de Sam et le second est occupé par un énorme bouquin plein de marque-pages : *Du bon usage des plantes qui soignent*. Un rapide coup d'œil à la lingerie fonctionnelle qui dépasse d'un tiroir, et je repars rassuré. Si elle a quelqu'un dans sa vie, ça ne saute pas aux yeux. Les Comoriens du bloc Athéna racontent qu'elle a été violée dans une cave à quinze ans par une bande du Poséidon, mais je me méfie des clichés. Elle a tellement le profil que ça m'étonnerait que ça soit vrai. Quand une personne n'est pas aux normes, les gens ont toujours besoin de la faire entrer dans une case. Ça rassure. Mais ce n'est pas une victime, Samira. C'est une empathique, comme moi. En moins soft.

D'accord, à tout de suite. Vous savez où je suis.

Non, non, je vous en prie. J'essayais de vous relire pour voir si vous avez bien tout noté, mais je ne comprends rien. C'est du vrai langage codé. Je suppose que c'est le genre de truc que vous avez appris à la Brigade financière… Très bien, on enchaîne.

Quand je suis redescendu chez moi, la douche coulait à plein fracas. La robe à fleurettes noires gisait sur la table de la cuisine, tachée de café, et il manquait six capsules dans l'étui de Ristretto. J'avais beau me dire que Sam était en deuxième année de pharmacie, je trouvais ça un peu hard. D'autant plus que ça rigolait comme des malades dans la salle de bains. Le rire en mitraille de Sam et les gloussements éraillés de sa patiente. Apparemment, ça parlait de moi. Par-dessus le vacarme de la douche, ma voisine s'exclamait :

— Dire que je le prenais pour un Flanby !

— C'est-à-dire ?

— Ça présente bien, mais c'est fade et c'est mou.

— C'est du Nestlé, quoi. Tu ferais mieux d'acheter mes gavottes fourrées crème caramel.

— Attends, j'en ai plein les placards, c'est lui qui me fournit.

— Ah bon, il te courtise avec mes produits ? Ça n'a pas l'air d'être un franc succès.

— Ne le prends pas contre toi. Il te branche pour de vrai, à part ça ? Je veux dire : à quel niveau il t'a rappelé ton keum ?

Pour abréger les confidences, je leur ai demandé à travers la porte, avec un maximum de naturel, si tout se passait bien.

— T'as terminé ton exploration dans mes culottes ? m'a vanné Sam en réponse. Verse dix gouttes de Rescue, dix de Wild Rose et trente de mélisse dans un Red Bull, merci.

Je suis retourné à la cuisine, j'ai débouché une canette de cette espèce de soda énergisant qui m'a valu une nuit blanche, la seule fois où j'en ai bu, et j'ai suivi la prescription, perplexe. Je me demandais dans quel état on allait la rapporter, la mamie. Et la rapporter à qui. À ses actionnaires, c'est-à-dire à son neveu ? J'étais en train de me rendre compte que mon plan avait atteint son objectif, et donc sa limite : demander l'aide de Sam. En bon Flanby, je n'avais aucune idée de la suite, alors autant lui passer le relais. Avec ses appuis dans la police et la médecine, je me disais qu'elle était bien mieux outillée que moi pour s'occuper de la marchande de biscuits. En même temps, j'avais une image tordue qui me traversait la tête, et ça me faisait presque monter les larmes. En entendant ces rumeurs de rires et d'éclaboussures résonner dans mon appart, j'avais l'impression que j'étais en couple et que ma femme donnait le bain au bébé.

Comme ça se prolongeait, j'ai tué le temps en feuilletant le bouquin qu'elle m'avait prêté la semaine dernière. Un guide pratique de la spiritualité écrit par un ingénieur en aérospatiale, Gregg Braden – vous connaissez ? Vingt millions de followers. Depuis qu'elle n'est plus musulmane, suite à l'attentat du Bataclan, Sam est devenue animiste. Pour elle, Dieu est partout dans la nature, du plus petit brin d'herbe aux plus grosses planètes, en passant par les poulets qu'on torture en batterie – partout sauf dans le cœur des hommes en général, mais ça ne sert à rien de vouloir l'y faire entrer à coups de poignard ou de chausse-pied. Il suffit de se concentrer deux fois par jour à heure fixe avec les 7 747 bénévoles qui assurent le maintien de la paix sur Terre, d'après son Gregg Braden. Dans un chapitre que j'ai ouvert au hasard, il raconte qu'on peut stopper mentalement une guerre. Il suffit que la racine carrée de 1 % de la population concernée ressente la paix, alors elle deviendra réalité. D'où les 7 747 bénévoles. Ça ne vous paraît pas d'une efficacité flagrante ? Moi non plus, mais ça ne fait de mal à personne.

Moyennant quoi, depuis que Sam a remplacé Allah par Gregg Braden, elle ne prie plus, elle se connecte mentalement avec son groupe à l'heure des repas, et ils se réjouissent que la paix, l'intelligence et l'amour aient repris le pouvoir sur Terre. C'est de l'anticipation positive, comme elle dit. Des bonnes ondes qui diluent les pensées toxiques, les images de haine qui polluent l'inconscient collectif. Elle nettoie l'atmosphère, quoi. Ça ne l'empêche pas d'envoyer à l'hosto les dealers qui font la sortie des écoles, les tortionnaires des abattoirs ou l'imam salaf du bloc Aphrodite, ce taré qui avait appelé à saigner un max de flics pour Halloween. Mais en dehors de ses moments de surchauffe, elle essaie de remonter le niveau de la planète, quoi.

Oui, j'ai fini ma parenthèse. Mais c'est pour vous expliquer le profil. Pour vous préparer à la sortie de la salle de bains. Pour que vous compreniez pourquoi ça a fonctionné au quart de tour entre Madeleine et elle. L'ancienne ado résistante qui roulait le nazi dans la farine et la radfem en guerre contre les islamistes, les trafiquants de crack et les viandards. Avec leurs soixante-dix ans d'écart, elles ont fait copines en trois minutes. Même pêche, même frite, même rage.

Radfem, oui. C'est les féministes radicales – vous n'avez pas ça, en Bretagne ? Préparez-vous. Les radfems, les Me-too et les Balance-ton-porc, c'est l'avenir de l'homme. Non, ce n'est pas une connerie, c'est une référence à une chanson de Jean Ferrat. Paroles de Louis Aragon. C'est pas grave.

*

Quand elle est sortie de la salle de bains, frisée au séchoir comme un caniche de concours, Mamie Larmor était vêtue d'un collant noir et d'un grand teeshirt Maître Gims dépassant d'un blouson bombers. Des fringues oubliées par Marjo, taille small comme elle. Regonflée à bloc, méconnaissable en rapeuse gothique, la pseudo-Alzheimer boostée au Ristretto a sifflé son Red Bull avant de me lancer :

— Dites-moi, Samira me parle d'un Dr Bormes, expert près le tribunal de Bobigny, vous le connaissez ?

Je la regarde, impressionné par le débit en rafales qui s'accorde à son nouveau style. J'ai devant moi un tiers de mon ex côté look, et deux tiers de mon amoureuse virtuelle au niveau tignasse et phrasé. Comme si Sam avait déteint, le temps d'une douche froide. J'acquiesce. Le Dr Bormes, c'est le psychiatre local, le héros du Neuf-Trois, celui qui sauve les fichés S abusifs par des certificats de normalité. C'est lui qui a fait relâcher le frère de Sam l'an dernier, quand la Brigade antiterroriste l'a arrêté parce qu'il téléchargeait des films arabes. Mais c'était du cul, pas du Daesh. Et du cul gay, en plus, ce qui a permis au Dr Bormes d'obtenir sa libération d'urgence en tant que victime d'homophobie. C'est un bienfaiteur de l'humanité, le Dr Bormes. Successeur de l'écrivain Tobie Nathan au service d'ethnopsychiatrie de notre hôpital Avicenne, il soigne les migrants avec les djinns, les esprits, les dieux de leur culture d'origine. Il a une fatwa des salafs sur sa tête, mais Sam le fait protéger par son pote commissaire. Le Dr Bormes. Je n'y avais pas pensé. Pour annuler l'Alzheimer dans le dossier de Madeleine, c'est vrai que c'est la personne idéale.

— Il consulte jusqu'à midi, il te glisse entre deux, lui dit Sam, portable en main, en nous rejoignant dans la cuisine. Je te refais un café ?

— Non merci, ma puce, je suis déjà remontée comme une pendule, je ne veux pas qu'il me signe un certificat d'exaltée mystique.

Et elle pivote vers moi, me tend la main. Je la serre, décontenancé.

— Maxou, n'est-ce pas ? Bonjour, merci et pardon.

Je bredouille un « Pas de quoi » global.

— Sam m'a raconté que je vous ai pris pour mon keum, enchaîne-t-elle gaiement en rougissant quand même un peu. C'est vrai que vous avez une certaine ressemblance, en plus svelte. Je vous montrerai une photo. J'espère que je suis restée correcte.

Je m'empresse de la rassurer.

— Mais je vous ai juste appelé Victor ? vérifie-t-elle en guettant ma réaction, très attentive.

Je confirme.

— Je n'ai pas prononcé le nom de Fernand ? Je fais non de la tête.

— Ni celui de Günther ?

Là, j'hésite. Je sens une telle fêlure dans sa voix, une telle appréhension dans son regard, que je préfère mentir par omission.

— Et Tanguy ? J'ai parlé de Tanguy ? Ou d'Erwann ?

— Non, y avait que moi. Y avait que Victor, je veux dire.

Elle baisse les yeux.

— C'est la vérité, malheureusement. Il n'y a jamais eu que Victor. Les autres étaient gentils, ils ont fait de leur mieux, mais que voulez-vous ? C'est terrible de rester fidèle à un seul homme. J'ai passé ma vie à refuser tous ceux qui lui avaient survécu, comme si c'était leur faute. Elle vous a dit la merveilleuse nouvelle ? enchaîne-t-elle en se tournant vers Sam avec une gratitude infinie. J'ai un énorme taux de cholestérol !

Je m'associe à sa joie, dans le doute. Sam confirme que, d'après son père, ce qui ressemble le plus aux symptômes que j'ai décrits, c'est la sténose artérielle. Le cerveau qui d'un coup se bouche au cholestérol, d'où les vertiges, la confusion, les pertes de conscience. En ajoutant l'interaction Kantérol / Pentarex, on a toutes les apparences de l'Alzheimer.

— Tu es motorisée ? lui demande Madeleine.

— J'ai une trottinette.

Elles se tournent vers moi. En dehors de mon Land Cruiser aux heures de boulot, je circule en métro, et le minibus d'Action Seniors est au contrôle technique. Cela dit, je rappelle à Sam que j'ai réparé, le week-end dernier, la rotule de direction sur la Harley-Davidson de son frère. Elle fronce le nez, mais elle se laisse convaincre par la pression enthousiaste de Madeleine.

— Une moto ? Formidable. Ça me permettrait d'être à l'heure au conseil d'administration avec le nouveau rapport d'expert. Allons-y !

Et c'est comme ça qu'on se retrouve, cinq minutes plus tard, en train de slalomer à toute blinde dans les rues de Bobigny sur l'énorme Harley du petit Labib, qui se l'est achetée avec ses gains au poker. En sandwich entre nous sous un casque *Game of Thrones*, dissimulée par mon blouson boutonné à celui de Sam pour éviter le PV, Madeleine glapit de trouille joyeuse comme si on l'avait emmenée sur un grand huit.

Dix minutes après, on déboule dans le service du Dr Bormes, cent kilos de bienveillance harassée qui jaillissent d'une porte taguée de remerciements en plusieurs langues. Il raccompagne un ado, embrasse Samira, me cogne le poing, rassure d'un geste les patients qui s'impatientent et escamote dans son bureau la vieille dame, sans manifester le moindre étonnement devant son accoutrement de rapeuse.

Tandis qu'on s'assied dans le couloir d'attente entre

un marabout à grigris et une famille de migrants, je demande à Sam si, par la même occasion, il pourrait me signer un arrêt de travail pour le coup de spray dans les yeux que j'ai dû m'inventer par rapport à la fourrière. Elle répond :

— Demande plutôt à mon père.

Et, plongeant la main dans la poche ventrale de son sweat, elle sort d'une liasse une ordonnance vierge à l'en-tête du Dr Labib, qu'elle me remplit en imitant son écriture.

— Je te donne huit jours, ça va ?

— Attends, c'est trop !

— Pas sûr. J'ai l'impression que ta meuf a des projets pour toi.

— Arrête de l'appeler ma meuf !

Elle se marre en me filant un coup de coude :

— T'inquiète, je suis pas jalouse.

— Quel genre de projets ?

— Surprise. Mais à ta place, je dirais oui.

— Pourquoi ? Oui à quoi ?

— Tu verras. Mais il serait temps que tu te sortes les doigts du cul, non ?

J'évite de répondre, et je m'abstiens de la relancer. J'essaie de faire la gueule, quoi. Le mec vexé. Mais je ne tiens que dix secondes. Déjà elle me colle un bisou goguenard sur la joue en me disant :

— C'est la chance de ta vie, cette yeuve. Et elle est trop top. Ne la laisse pas filer.

J'y arrive, capitaine. Je vous installe la situation, sinon il vous manquera des éléments. Faites-moi confiance, un peu… OK, j'abrège. Au bout d'un quart d'heure, le Dr Bormes sort la tête pour me demander de venir, le ton grave. Je tourne un regard incertain vers Sam, qui m'encourage avec une mimique de coach. M'attendant au pire, j'entre dans le bureau meublé en style Pôle emploi, à part le totem, les tam-tams, les masques africains, et je me retrouve assis à côté de Madeleine qui a l'air ultra-concentrée, les doigts crispés sur un document. Avec la rondeur d'un maître d'hôtel qui présente le menu, l'ethnopsychiatre me tend son contrôle technique : un certificat de saine d'esprit qui contredit point par point le diagnostic de la première expertise.

— Mme Larmor-Pleuben a quelque chose à te demander, jeune homme. Cette requête ne me regarde pas, mais, le cas échéant, je vous ai imprimé le formulaire. Je vais dire un mot à Samira, je te laisse avec ta protégée.

Et, en me clignant de l'œil, il s'éclipse dans le couloir d'attente, referme la porte sur nous.

— Je suis de nouveau en possession de mes facultés mentales, attaque la protégée, d'accord, mais pour combien de temps ? Les effets secondaires à moyen terme des saloperies qu'on m'a prescrites sont impossibles à calculer, et à mon âge il faut s'attendre à tout. Notamment de la part d'un neveu qui rêve de me faire interner. J'ai eu le temps de vous jauger, dans mes moments de lucidité, de voir de quelle manière vous avez géré une situation de crise.

Elle marque un temps, pose une main sur mon genou avec un plissement des narines.

— Je me rappelle très bien mon ressenti, même si j'ai oublié mes paroles. Et Samira m'a raconté certaines de vos réactions, Maxou. Vous êtes humain, scrupuleux, avec ce qu'il faut de roublardise. Et surtout vous n'avez l'air de rien : on ne se méfie pas de vous. Je pense que vous êtes parfaitement adapté à la situation. Voulez-vous être ma personne de confiance ?

Je la remercie pour les compliments, et je lui demande en quoi ça consiste. C'est le genre ami sur Facebook ?

— Pas vraiment, sourit-elle. Ça implique un petit peu plus.

— Ça implique quoi ?

— Vous. Ça vous implique sur le plan médical. Ça vous donne un pouvoir décisionnaire.

— Sur quoi ?

— Sur moi. Les traitements envisagés, le maintien à domicile ou non, l'acharnement thérapeutique ou pas, l'euthanasie... Si d'aventure je ne suis plus en état de décider, c'est vous qui le ferez pour moi, à partir des choix que je vous aurai exprimés, et votre avis prévaudra sur celui de ma famille.

Je la regarde, désarçonné. Je m'entends répondre :

— Mais... vous avez déjà décidé, non ?

Elle cherche dans mes yeux le sens de la phrase, sourit d'une demi-lèvre.

— Ah. Le suicide assisté à Lausanne. Je vois que vous avez lu mon faire-part. C'était ma seule réponse possible, quand j'étais Alzheimer. Dans la mesure où je ne le suis plus, la question se pose. Mais ça m'ennuie de décommander. Toutes les personnes auxquelles je tiens ont confirmé leur venue... Une telle occasion de les revoir, ça ne se gâche pas. Et puis je dois passer une batterie d'examens : s'il se confirme que mon cerveau se bouche au cholestérol et qu'il n'y a rien à faire, si ce n'est renoncer aux œufs et à l'andouille de Guémené, autant conserver l'option suisse. Nous en discuterons. Dans l'immédiat, pour contrer les magouilles de mon neveu avec son charlatan de Mauvignon, j'ai besoin de votre signature.

Elle me tend le document que nous a imprimé le Dr Bormes. Je commence à l'éplucher, les orteils recroquevillés dans mes baskets.

— Lisez juste l'engagement final, on a moins d'une heure si je veux sauver mon entreprise. Vous signez, et vous pourrez vous dédire ce soir si vous ne le sentez pas. Mais là, mon garçon, désolée de vous forcer la main, ça urge.

Et elle a prononcé des mots qu'on ne m'avait jamais dits, des mots tout simples qui m'ont retourné comme une crêpe :

— J'ai besoin de vous, Maxou. J'ai besoin, là, tout de suite, d'un ange gardien assermenté. Quelqu'un de légalement fondé à s'opposer à mon neveu devant témoins pour me rendre ma liberté, ma Carte bleue et mon droit de vote. Sinon, Étienne exigera un troisième avis médical pour arbitrer. Je ne peux m'en sortir qu'en le prenant par surprise, grâce à vous. Ce jour à 11 h 40, je suis déclarée saine d'esprit par une contre-expertise psychiatrique, ce qui met fin automatiquement au mandat de protection future que je lui ai signé chez ma notaire – elle vient de me le confirmer par téléphone. À 11 h 45, je vous nomme personne de confiance, aux termes de l'article L.1111-6 du Code de santé publique, et, à midi et demi, je reprends ma place au conseil d'administration. Désormais, je dépends de vous, mon garçon. Je *choisis* de dépendre de vous.

Comment refuser ? Je l'avais harponnée par inadvertance avec ma grue, j'avais joué le rôle de son défunt mari pour protéger mon anonymat, et elle me confiait son avenir. Moi qui avais toujours rêvé de redresser des torts et qui ne faisais que soulever des voitures, comment me dérober à cette chance d'exister pour quelqu'un en lui rendant son autonomie ?

Je me suis débranché de son regard et je suis allé directement à la dernière page qu'elle avait déjà signée.

— Vous ajoutez « Bon pour accord », m'a-t-elle glissé, des brisures dans la voix. Vous me faites un très beau cadeau, Maxou.

J'ai répondu, sans lever les yeux :

— Vous aussi, madame. Juste si vous pouviez m'appeler plutôt Maximilien. Ou Max tout court.

— Très bien, Max. En échange, moi, ce sera Mad.

Comme j'avais l'air surpris, elle a précisé avec une perplexité similaire :

— C'est Sam qui a décidé de m'abréger ainsi. Elle dit que « Mad et Max », ça la fait trop rire.

C'est là que j'ai signé, les yeux fermés, ce qui aura peut-être été la plus grande connerie de ma vie – ça dépendra de vous. Si vous me rendez justice ou pas. Maintenant vous savez pourquoi Étienne Pleuben veut ma peau, et jusqu'où il est capable d'aller. Ce qu'il a magouillé avec son mandat de protection future, il m'accuse de faire pareil, c'est ça ? En tout cas, je peux vous dire une chose, capitaine Kardec. Quelles que soient les suites, je ne regrette rien de ces deux mois où, pour la première fois de ma vie, j'ai eu l'impression d'être quelqu'un. Une personne de confiance.

Vous savez pourquoi Mad m'avait choisi au quart de tour, la vraie raison ? Elle me l'a dite pendant qu'elle me faisait visiter Coëtnavel. Là où vos hommes m'ont sorti du lit, ce matin. Le château où elle était venue demander du travail à treize ans, quand son père s'était noyé en mer. La comtesse, qui n'avait que faire d'une domestique de plus mais qui était une femme de cœur, lui avait dit : « Madeleine, c'est un prénom à faire des gâteaux. Nous te prenons à l'essai comme aide-cuisinière. » Voilà. C'est ce qui a décidé de sa vocation. C'est comme ça qu'elle est devenue la troisième marque française de biscuits. Vous comprenez le parallèle ? La confiance qu'elle plaçait en moi, fondée sur rien, c'était celle qu'elle avait reçue.

Une demi-heure plus tard, Sam arrête sa moto devant le siège parisien du groupe Mamie Larmor. Cinq étages en verre fumé devant la Seine, entre une tour d'hôtel japonais et une compagnie pétrolière. Dallage gris, hôtesses bleues, vigiles, portiques, sculptures modernes accrochées au plafond : ça sent davantage le produit financier que les galettes bretonnes.

— C'est pour ? demande d'un ton dissuasif le réceptionniste en jaugeant la vieille frisée en blouson bombers, casque sous le bras et couffin en bandoulière.

— Je vais au cinquième.

— Vous êtes ?

— Chez moi.

Elle désigne sur le mur du fond son portrait grandeur nature en coiffe de dentelle. Branle-bas de combat, tapis rouge, courbettes. Au cinquième étage, une brochette de lèche-bottes nous attend à la sortie de l'ascenseur pour proposer du café, des jus d'orange, des petits-beurre. Madeleine les écarte sans un mot pour foncer droit sur une double porte matelassée qu'elle ouvre en me tirant par la main. Douze têtes à sourires faux cul se tournent vers elle.

— Restez assis, lance-t-elle sur un ton qui me rappelle ma directrice d'école à Bobigny. Merci d'avoir commencé sans moi.

Le seul qui se lève, en bout de table, c'est un chauve de soixante ans à rayures grises et lunettes carrées, genre commercial en pompes funèbres – vous reconnaissez, je suppose. Il dévisage d'un air de liquidation judiciaire l'intruse en tenue de rap.

— Tante Madeleine ! Vous n'êtes pas… ?

— Chez les fous, non. Fini, la camisole. Faites passer.

Elle tend à un type de son âge le certificat de facultés mentales signé par le Dr Bormes, puis contourne la table en faisant couiner ses grolles de randonnée sur le beau marbre de cimetière.

— Regagne ton siège, dit-elle au neveu en désignant la chaise vide entre deux femmes à bouche bée.

L'expulsé obéit avec un air de galanterie qui banalise. Elle réintègre le fauteuil patronal, s'enfonce jusqu'au menton, le remet à sa hauteur, se rapproche de la table et chausse ses lunettes pour regarder, sur l'ordre du jour ouvert devant elle, où en sont les délibérations.

— On reprend, décide-t-elle en revenant à la première page. Comme vous pouvez le constater à la lecture du document qui circule, j'ai récupéré officiellement la pleine possession de mes capacités ce matin à 11 h 40, ce qui révoque *de facto* le mandat de tutelle qu'exerçait depuis soixante-treize jours mon neveu Étienne. Son médecin de famille m'ayant prescrit l'association de médicaments qui, d'après le Dr Bormes, expert-psychiatre près le tribunal de Bobigny, est à l'origine de ma confusion mentale temporaire, je me réserve de porter plainte contre eux pour mise en danger volontaire de la santé d'autrui, ainsi que pour erreur délibérée de diagnostic et corruption en ce qui concerne le Pr Mauvignon, signataire de ma mise sous tutelle.

Elle tourne son fauteuil vers une grande rousse cramoisie qui pianote sur son clavier sans regarder l'écran.

— Bernadette, vous vérifierez que cette déclaration préliminaire figure bien au procès-verbal. Des questions ?

— J'exige la nomination d'un contre-expert indépendant ! glapit le neveu.

— Tu vois ça avec M. Médard.

Douze têtes se tournent vers moi. Les mains dans le dos pour cacher mon casque à tête de mort, je leur dis bonjour en inclinant la tête d'un air compétent. Elle enchaîne :

— Je viens de le désigner comme personne de confiance. Désormais, aucune décision relative à ma santé ne pourra être prise sans son accord et, d'une manière générale, il sera à la fois mon porte-parole et ton intermédiaire, Étienne, si tu as quelque chose à me dire. En dehors de ta prise de parole à ce conseil qu'autorisent les 10 % d'actions que je t'ai cédées à ta majorité, je ne souhaite plus avoir le moindre contact direct avec toi. Suis-je claire ?

Le neveu soutient son regard, puis, prenant à témoin les administrateurs qui détournent les yeux vers leur sous-main, il exige de savoir qui je suis et d'où je sors.

— M. Médard est un responsable de réseau associatif qui vole au secours des personnes dans mon cas. Il m'a sauvé la vie, quand ton chauffeur m'a abandonnée sur la voie publique en pleine crise de surdose médicamenteuse. Merci de lui rendre ma Carte bleue, si tu l'as sur toi. En lui marquant le code sur un papier – ça ne t'étonnera pas si je l'ai oublié, grâce à votre Kantérol et votre Pentarex. Bien, allons-y, mes amis.

Lunettes au bout du nez, elle parcourt du doigt l'ordre du jour.

— Première résolution : nomination d'Étienne Pleuben au poste de président du conseil d'administration – rejetée à la majorité de mes 75 %. Deuxième résolution…

Je vous épargne la suite. Oui, oui, capitaine, tout ça est gravé au fer rouge dans ma mémoire, à trois ou quatre mots près. Mais si vous avez un doute, vous pouvez vérifier sur le procès-verbal du conseil. Je pense que, maintenant, vous comprenez mieux pourquoi le neveu s'acharne sur moi.

Oui ? Vous voulez savoir ce que je pense de lui. Exactement ce qu'il vous a dit de moi : un rapace qui a voulu se débarrasser de Madeleine pour lui prendre son entreprise et son pognon. En arrivant dans leur vie, je n'ai fait qu'amplifier ses griefs et ses motivations. C'est ça, la vérité. Et attendez la suite.

*

Le conseil a duré neuf minutes. Évidemment, quand on détient les trois quarts d'une société, ça abrège les contestations. Madeleine a bien sûr rejeté la deuxième résolution : le projet de fusion-acquisition soutenu par Étienne au profit du groupe hollandais Nutrinium. Après quoi, pour protéger sa marque et son personnel en cas de succession, elle a fait voter la donation de ses parts à son comité d'entreprise. Le grand projet de sa fin de vie que le neveu, en la faisant expertiser Alzheimer, espérait tuer dans l'œuf. Vous imaginez sa tronche. En neuf minutes, le PDG de secours redevenait un simple actionnaire minoritaire, que ses employés foutraient à la porte dès le décès de la patronne. Bien fait pour lui, non ? Sauf s'il me fait condamner pour abus de faiblesse et homicide, d'accord. Quand vous avez une idée en tête, vous…

Ensuite ? Ben, ensuite, on est allés déjeuner. Fallait bien fêter ça. On a retrouvé Sam qui jouait à Candy Crush sur la Harley en nous attendant, et on a foncé à Orly-Ouest. Madeleine nous a invités chez Caviar House. Une tuerie. Des œufs d'esturgeon à deux mille euros le kilo, sans compter la crème fraîche, les blinis et la vodka. Une première, tout ça, pour Sam et moi. Même la vodka. Rien à voir avec la Carrefour Market qu'on boit dans le Neuf-Trois. En tant qu'animaliste, Sam a voulu savoir avant de manger si les œufs étaient pondus ou arrachés du ventre de la mère. Madeleine l'a rassurée : vu le coût de l'élevage d'une esturgeonne, on lui fait une césarienne, on la recoud et on la remet dans la piscine pour attendre la ponte suivante. J'ai vu passer une lueur sceptique dans le regard du serveur, mais au moins Sam a pu déguster sans culpabilité son caviar équitable.

Cela dit, en voyant ma protégée improviser un mensonge probable avec autant de naturel et de talent, j'ai soudain éprouvé le début d'un doute. Est-ce qu'elle m'avait réellement pris pour son Victor de 1944, ou est-ce qu'elle m'avait banané pour voir comment je réagissais ? Pour me tester, en somme. S'assurer que je pouvais être une personne de confiance dans des situations extrêmes. À votre avis ? Non, ce n'est pas une devinette, c'est un point important de votre enquête, je trouve. Mais c'est vous qui voyez.

Elle avait son vol retour pour Brest à 16 h 20. Elle m'a demandé si ça me posait un problème de l'accompagner, tous frais payés. Dans l'euphorie des tartines de caviar et des toasts de vodka, vous pensez bien que j'ai dit non. Enfin, oui. Y avait pas de problème : j'étais en congé maladie. Mes premières vacances depuis neuf mois. Il me suffisait de photographier mon arrêt de travail et de l'envoyer par mail à la fourrière. J'aurais bien proposé à Sam de venir avec nous, mais ce n'est pas moi qui invitais, et puis elle avait sa famille, ses assoces, ses études, sa grève à gérer, ses cours de sport…

Je vous le répète quand même, pour qu'on soit bien clairs avec les points sur les i : c'était l'idée de Madeleine. L'élan du moment. Je ne me suis pas du tout imposé, ce n'est pas mon style, mais je ne suis pas non plus du genre qui se dérobe. Je me disais que dans « personne de confiance », il y a l'option compagnon de voyage. C'est tout. Je n'ai pas commis d'« abus de faiblesse », comme vous dites, c'est elle qui a abusé de sa force d'attraction.

Vous ne voulez pas noter ce que je suis en train de dire ? C'est la clé de votre enquête, capitaine. La clé de mes rapports avec Mad. Cette virée en Bretagne, je ne pensais pas que ce serait un traquenard – enfin, un engagement à demeure. On n'apprend pas à se méfier des vieux, dans le monde d'où je viens. Pourquoi je dis ça ? Juste pour vous enlever l'idée de préméditation que je vois rôder dans votre œil. Je me trompe ? Voyez, j'aurais pu être flic.

À la sixième tournée d'herbe de bison – c'est le nom de la vodka, je précise : on ne lui a jamais rien fait fumer, contrairement à ce qu'a dû vous raconter l'autre menteur… Vous m'écoutez ? Non, vous avez le droit de passer des textos, bien sûr, mais on peut aussi faire une pause, si vous avez la tête ailleurs. Comme vous voulez. À la sixième tournée, donc, Madeleine nous a regardés l'un après l'autre, un sourcil froncé, et elle a posé la main sur nos poignets.

— Vous êtes amoureux, tous les deux ?

Sam a tourné vers moi un regard neutre.

— Non, ça va, j'ai dit en me sentant devenir écarlate.

— Pourquoi, on a l'air ? lui a demandé Sam d'un ton détaché, comme pour me couvrir.

Elle lui a répondu du tac au tac :

— Tu devrais l'épouser, un jour. Ce sera un très joli parti.

Agacé qu'on parle de moi comme en mon absence, j'ai rappelé que j'étais un enfant de l'Assistance publique. Alors Madeleine m'a glissé, l'air de rien :

— Ça n'empêche pas de se faire adopter dans le privé.

Ah, je vois que ça vous réveille. Je suppose que j'ai devancé votre question. Vous n'avez pas encore abordé le sujet, mais je me doute que le neveu vous a bien bourré le crâne avec ça. Eh oui, la personne de confiance, dans l'esprit de Madeleine, c'était une première étape. Une mesure immédiatement applicable, par rapport aux délais de l'adoption.

Cela dit, je n'ai pas percuté, sur le moment. Je commençais à être un peu murgé et je me régalais tellement avec le caviar que j'étais plutôt en décalage par rapport au reste. C'est Sam qui a relevé l'allusion. Elle lui a demandé, la bouche pleine :

— T'as jamais eu d'enfant, Mad ?

La réponse m'a vrillé le cœur :

— Je n'ai pas eu le temps. Victor est mort avant que je tombe enceinte, et ensuite… J'ai eu sa famille à charge. Son jeune frère amputé d'un bras, que j'ai marié avec une infirmière de Perros-Guirec, et puis leur Étienne que j'ai dû élever après leur divorce, et puis la marmaille qu'il a commencé à nous pondre à même pas dix-huit ans, laquelle s'est reproduite avec une vigueur identique… Les mêmes à chaque génération, de plus en plus sournois, de plus en plus mielleux. Joyeux anniversaire mamie, regarde les beaux dessins qu'on t'a faits, et le collier de coquillages, combien tu nous donnes pour le fest-noz ? – je déteste les gniards. Et puis, mes biscuiteries me prenaient tout mon temps. Et puis… les années ont passé, voilà. De toute manière, je ne concevais pas d'enfanter avec un autre que Victor – je n'ai rencontré personne qui me fasse changer d'avis, en tout cas. C'est pour ça qu'aujourd'hui, avant de partir, j'aimerais bien former un fils.

Je me suis étranglé avec mon blinis. Il y avait de quoi, non ? Vous me trouvez peut-être long à la détente, c'est vrai, mais je suis tellement peu dans le calcul… Je crois toujours que les gens réagissent à chaud en fonction des événements, c'est tout. Oui, je vous promets, c'est là seulement que j'ai compris ce qu'elle avait en tête. Pendant que Sam me tapait dans le dos pour que j'arrive à recracher la bouillie de caviar, Madeleine s'est justifiée auprès d'elle :

— Je n'arrête pas de le tester depuis ce matin : il a remporté toutes les épreuves haut la main. Il a l'air honnête, il est malin, sans attaches et sans espoir d'ascension dans un métier qui ne lui apporte rien. Je pense qu'il a tout de l'héritier idéal, qu'en penses-tu, Sam ?

— Demande-lui son avis.

Le blinis était passé, mais la salive manquait pour exprimer le fond de ma pensée. J'ai levé une main en écran devant ma bouche afin d'annoncer une déclaration imminente. Mad a précisé à sa nouvelle copine :

— Il a jusqu'à 18 h 30 pour y réfléchir : je nous ai pris rendez-vous chez mon avocat à la descente d'avion. Tout ce que j'ai réussi dans la vie, ma puce, je l'ai décidé sur un coup de tête, accompli dans l'urgence sans écouter personne, et ensuite je m'y suis tenue contre vents et marées.

Elle a pivoté vers moi sur son tabouret de comptoir et elle m'a lancé la phrase qui tue :

— Maximilien Médard, consentez-vous à me prendre pour mère ?

C'était moins le ton d'une demande officielle que celui d'une formalité à expédier. Avec le même air d'indifférence pudique, j'ai répondu que personnellement, je n'étais pas contre, même si j'avais plutôt l'âge d'être son arrière-petit-fils. Elle n'a pas moufté, le regard aux aguets, attendant visiblement de ma part une réaction plus digne d'intérêt. J'ai précisé ma pensée en disant que je n'étais pas sûr d'être à la hauteur de sa confiance : tout ce que je savais faire dans la vie, c'était gruter des caisses, et je manquais sûrement de maturité pour diriger une boîte.

— Ça, mon petit Max, c'est le travail de formation qui m'incombe. De toute manière, ma « boîte », comme tu dis, appartient à mon personnel depuis le vote de ce matin. Tu ne seras que le repreneur du nom, le garant de la marque et des traditions maison. D'autres objections ? Parfait. Bienvenue dans la famille – mais on évite de leur en parler tout de suite. Pour l'instant, tu es juste ma personne de confiance. Endors-les en restant toi-même, gentil, dévoué, balourd et transparent ; ils s'habitueront à ta présence et penseront te manœuvrer à leur guise. Et toi, Sam, quels sont tes projets dans la vie ?

Elle m'avait tourné le dos. J'en ai conclu que la discussion était close. Je n'avais pas dit oui, mais je n'avais pas dit non, et, vu sa façon de me tutoyer pour marquer le coup, ça paraissait lui suffire en attendant le rendez-vous chez l'avocat. Sam lui a répondu que là, dans l'immédiat, elle rentrait réviser ses exams au cas où ils auraient lieu : en tant que déléguée syndicale, elle avait promis de lever la grève sitôt que le gouvernement s'engagerait à désamianter la fac. Elle a vidé son shot de vodka, puis elle s'est levée. Elle lui a serré la main, m'a tendu son poing, sa paume et sa joue gauche en disant :

— Tu me tiens au courant.

Mon baiser a résonné dans le vide. Elle a récupéré nos casques et elle est partie en direction des ascenseurs du parking. En suivant des yeux sa silhouette canon, j'ai ressenti un vrai coup de mou. Le besoin violent de la rattraper, d'oublier les propositions démentes de la vieille Bretonne pour regagner notre univers, retrouver nos marques, redevenir moi-même – mais qu'avais-je d'autre à lui offrir que le challenge que Madeleine me proposait de relever ? Depuis qu'on se connaissait, c'était la première fois que je m'étais senti exister dans le regard de Sam, parce qu'une pointure d'un tel niveau avait misé sur moi. Laisser tomber Mamie Larmor pour revenir en arrière, déclarer forfait pour redevenir un Flanby, ce serait quoi ? Saboter ma seule chance d'épater la fille de mes rêves.

Voilà, capitaine. Voilà comment je me suis laissé adopter par l'inconnue que j'avais treuillée avenue de Malakoff. Vous auriez fait quoi à ma place ? Je sais bien, c'est vous qui posez les questions. Mais comprenez-moi : quand on a pour seule origine connue une plaque de rue et le saint du jour, on n'a pas trop envie de rembarrer la personne qui propose de vous donner son nom.

Il y avait un souci avec le nettoyage de l'avion et on nous a annoncé trente à quarante minutes de retard. Ma future mère s'est endormie sitôt assise dans la salle d'embarquement. Mais c'était un sommeil normal, cette fois-ci. Son petit visage d'oisillon au repos, à peine creusé par les rides du souci, la jeunesse l'avait marqué bien plus que les atteintes de l'âge. L'adolescence volée par la misère, la guerre et le travail alimentait toujours son énergie, ses impatiences et ses coups de cœur. Passée directement de l'enfance au monde des grandes personnes, elle comptait se rattraper sur mon dos avant de partir. C'était en tout cas l'analyse de Sam dans le texto qu'elle venait de m'envoyer :

Ce qu'elle te propose, ou c'est le kif absolu, ou c'est le plus dangereux des pièges. N'hésite pas, Max, mais fais gaffe. C'est de la vodka, cette yeuve. C'est fort, c'est glacé, ça te réchauffe, ça t'enflamme et ça te casse.

Au moins, elle ne m'appelait plus Maxou. Elle avait conclu son message par un pouce levé, un soleil, un parapluie et un biceps – j'aurais préféré un cœur.

*

Au décollage, dès que l'hôtesse a fini de raconter sa vie dans le micro, j'ai tenu à mettre les choses au point avec Madeleine. Je suis peut-être roublard, comme elle dit, mais j'aime que les situations soient claires. Je lui ai précisé que j'étais très touché qu'elle veuille m'adopter, mais que ça m'embêtait de passer avant son neveu pour les questions d'héritage. Je ne voulais pas qu'il soit lésé, ni surtout ses enfants et petits-enfants qui n'avaient rien fait de mal. Elle m'a rassuré : elle lui avait déjà donné de son vivant le château de Coëtnavel, et elle avait mis tous ses placements d'assurance-vie au nom de la marmaille pour leur épargner les droits de succession. Mon héritage, en fait, se résumerait à une coquille vide : la société initiale Madeleine & Victor, qui ne possède que le nom Mamie Larmor et les brevets des recettes originales. Soit 0,5 % des bénéfices annuels après impôts – et l'entreprise est déficitaire depuis quinze ans. C'est pour ça qu'Étienne tentait de la vendre à un repreneur hollandais.

En manœuvrant la buse d'air au-dessus de sa tête, elle a récapitulé :

— Tout ce que je te léguerai, mon petit Max, c'est un droit moral sur le respect de mes ingrédients. Et une rétribution sur le résultat si tu réussis à donner un nouveau souffle aux biscuiteries.

Ça a restreint mes remords, sinon mes scrupules. J'ai dit :

— Tout ça est un peu rapide pour moi, Mad. Vous me comprenez ? Il me faut le temps de peser le pour et le contre, de me faire à l'idée…

— Mais moi aussi, qu'est-ce que tu crois ? Mon avocat m'a dit tout à l'heure au téléphone que l'adoption ne devient effective qu'après un délai de rétractation de deux mois. Si tu veux être mon héritier, il te reste donc trois semaines pour me faire renoncer au suicide que j'ai programmé le 27.

Une fois encore, il a fallu que je la raisonne. Je commençais à me dire que personne de confiance, avec elle, c'était un job à plein temps.

— Mais on en a parlé, Mad : si vous n'êtes plus Alzheimer, vous n'avez plus de raisons de mourir !

— C'est la raison de vivre que je n'ai plus, mon petit Max. À moins que tu ne parviennes à me réconcilier avec la vieillesse, les désillusions et ce monde de gougnafiers mercantiles dans lequel je n'ai plus ma place. Je te souhaite bien du courage.

Bref, mes objections morales ne tenaient pas la route. Au contraire, elle mettait la barre encore plus haut pour me convaincre. Je me suis contenté de dire merci. Elle m'a répondu pardon pour les tracas qu'elle allait m'infliger, du fait de m'avoir choisi. J'ai tourné la tête vers les nuages pour lui cacher que sa dernière phrase m'avait fait monter les larmes, et je me suis endormi contre le hublot.

*

Je vous sens sceptique. Vous avez tort. En fin de compte, voyez, outre le fait d'épater Sam, ce qui m'a donné envie d'être l'héritier Larmor, c'est qu'il n'y avait pas d'héritage. Juste un nom et des dettes – à moins que je ne réussisse à redresser l'affaire. Ce à quoi je serais en train de m'employer, comme tous les jours, si vous ne m'aviez pas mis en garde à vue. Je suis comme ça, moi. Le plus beau des cadeaux qu'elle pouvait me faire, Madeleine, je m'en rends compte aujourd'hui, c'était ça : une structure à la dérive, avec du savoir-faire endormi, un potentiel à réactualiser et un personnel en autogestion à qui je devais redonner un cap.

Mais non, capitaine, ne recommencez pas ! Je ne parle pas d'elle au passé, je raconte, c'est tout ! OK, j'ai compris. Si c'est pour me tendre à chaque fois ce genre de piège à bourrin, je vais m'en tenir au présent narratif. Et au futur simple. Mon héritage, ce sera le seul fruit de mon travail. D'accord ? Et ce qui m'en donnera les compétences, c'est le fait que ma mère adoptive me croie à la hauteur.

Ça vous va, comme ça, ou je suis toujours suspect ? Ce n'est pas la peine de détourner le regard, j'ai capté. Je peux vous ouvrir mon cœur jusqu'à m'en faire péter l'aorte, ça ne changera rien à vos a priori, c'est ça ? Les Neuf-Trois c'est des cailleras, et les Bretons on les prend pour des cons. Mon pote Vlad, qui est sorti avec une Quimpéroise, répète toujours que c'est parano *and co* dans le Deux-Neuf, je pensais qu'il exagérait mais je confirme. Cela dit, je peux comprendre. Moi-même, si j'étais à votre place, j'aurais du mal à me croire. C'est marrant, le monde dans lequel on vit : ce sont les intentions pures qui paraissent les moins crédibles aujourd'hui. Et pourtant, ce sont les seules qui se révèlent vraiment payantes.

Payantes, oui, j'ai bien dit. Dans le sens moral du mot. Je suis heureux, capitaine. Madeleine a fait de moi un homme bien dans sa peau, un homme de confiance, un homme tout court. Alors vous pouvez me soupçonner de tout ce que vous voulez – ça glisse.

Avec plaisir, au contraire. Un climat comme le vôtre, c'est dommage de garder la fenêtre fermée. Non, je ne me moque pas. C'est vivifiant. Chez nous, quand il pleut, c'est du diesel et de l'ozone. Je poursuis, oui. Volontiers.

Lorsque je me suis réveillé, on était toujours dans les nuages et il faisait très froid. Elle avait coincé son blouson sous son menton et enroulé une des manches autour de mon cou. Ça m'a touché comme vous n'imaginez pas. Je venais justement de faire un rêve bien glauque où j'étais abandonné adulte en couche-culotte dans une poubelle jaune, j'entendais *toc-toc*, on ouvrait le couvercle et c'était Madeleine qui disait que je devais changer de poubelle, à cause du tri sélectif.

Pour oublier ce cauchemar que je préférais éviter de décrypter, je lui ai demandé comment c'était d'être ado pendant une guerre mondiale. Moi qui n'ai connu que les bagarres tribales entre blocs dans ma cité, ça m'a bien dépaysé, l'union sacrée contre l'envahisseur. Elle m'a raconté comment Victor, qui comprenait parfaitement l'allemand à cause de sa mère alsacienne, l'avait recrutée dans le réseau Yvonne-Aimée, comment ils espionnaient l'état-major de la Wehrmacht qui avait réquisitionné le château, comment elle portait les messages aux résistants à l'intérieur de ses gâteaux, genre Petit Chaperon rouge…

Je vois votre œil qui s'allume. C'est parce que j'ai parlé de mère Yvonne-Aimée de Malestroit ? Eh oui, c'est votre héroïne nationale en Bretagne, pire que Jeanne d'Arc à Domrémy. Moi, je n'en avais jamais entendu parler. Incroyable, son histoire. Non seulement elle dirigeait son réseau au nez et à la barbe des Allemands qui avaient transformé son monastère en hôpital militaire, mais les gens la voyaient dans plusieurs endroits à la fois. Elle ramassait un parachutiste anglais dans le Morbihan, et en même temps elle était à bord d'un sous-marin en train de réparer une fuite. Plus fort que Wonder Woman. Elle va même jusqu'à apparaître à des marins bretons sur un bateau de la Royal Navy, l'*Eridan*, en 43, pendant que la Gestapo est en train de la torturer à Paris. Madeleine appelle ça la bilocation. J'ai demandé si ce n'étaient pas des sosies, mais il paraît que non, il y a des preuves historiques. Moi je veux bien. Même que le général de Gaulle, quand il lui a remis la Légion d'honneur à Vannes en 45, lui aurait dit en blaguant : « J'espère que vous n'êtes pas à Londres en même temps, en train de vous faire décorer par Churchill. »

Oui, c'est Madeleine qui m'a raconté, elle était présente. Je vous apprends quelque chose ? Ravi. Comme ça, je ne suis pas venu pour rien.

Ça nous a tenu jusqu'à l'atterrissage, les exploits de votre bonne sœur. Y compris son évasion magique de la prison du Cherche-Midi – du coup la Gestapo, dès qu'elle a pu, a arrêté son bras droit Victor pour le torturer à sa place. Mais il ne savait pas biloquer, lui. Madeleine, pour le sauver, a dû fricoter avec Günther Habsdorff, le colonel qui squattait le château. C'est pour ça qu'elle s'est fait tondre, en août 44, par un résistant de la dernière heure qui fêtait la Libération en rasant de la « pute à Boches » – l'expression est d'elle.

Vous n'étiez pas au courant ? Désolé. Ce n'est pas pour écorner son prestige, au contraire. Et puis on est qui, pour juger ? Vous feriez quoi, à sa place, pour sortir de prison l'homme de votre vie ? D'abord, ce n'était même pas un flirt, juste de l'attouchement consenti, comme on dit. Il était marié, Günther, en Bavière, trois enfants. Pour reprendre le mot de Madeleine, il avait été « correct ».

Moi aussi j'étais scotché sur mon siège en l'écoutant me raconter tout ça. La mamie de mes biscuits du matin, c'était la seule tondue de la Libération à qui de Gaulle avait remis la croix de guerre. Il voulait réparer l'injustice. C'est pour ça qu'ensuite, quand il a été élu président de la République, elle est devenue fournisseur officiel des goûters de l'Élysée.

N'empêche, elle en avait gros sur la patate en me racontant cette histoire. Les trahisons du passé ravivaient celles d'aujourd'hui. Quand on s'est posés sur la piste, elle m'a parlé de la pire de toutes à ses yeux : la vieillesse. Cette longue suite de petits renoncements pour rassurer l'entourage : arrêter de conduire une décapotable, de fumer des sans-filtres, de boire à midi, de nager dans la mer... Tous ces principes de précaution qui font devenir vieux avant d'avoir eu le temps de s'user.

Elle m'en parlait comme s'il était urgent que je

sois conscient du danger, pour être en mesure de le contourner à mon tour. Si elle avait pu résister aux « vieillisseurs », comme elle disait, c'était uniquement grâce au travail. Huit heures par jour en biscuiterie pour contrôler la fabrication, vivre au rythme de ses ouvriers, mettre la main à la pâte... Jusqu'à ces derniers mois où le médecin d'Étienne l'avait mise au Kantérol, soi-disant pour soigner la dépression que lui donnaient les parts de marché perdues face à LU, Bjorg ou Gerblé. Ses pertes de conscience et ses hallucinations affectaient le personnel, nuisaient au rendement et lui faisaient honte. Tous ces mois repliée dans sa chambre à lire et relire les symptômes de la maladie d'Alzheimer pour essayer de les cacher, à monter la garde devant ses souvenirs, tenter de combler les brèches à coups de Pentarex et préparer ses adieux avant de perdre complètement la boule... Et puis la mise sous tutelle, la trahison de son neveu, l'électrochoc du projet de vente soumis au conseil d'administration. Et moi. Mon irruption dans sa vie, mes initiatives, mon rôle qui avaient changé en quelques heures le cours de son destin... J'étais ému par le récit de mes prouesses, comme si elle me parlait d'un autre. Je ne me reconnaissais pas, mais j'admirais l'image qu'elle me renvoyait.

On a débarqué à l'aéroport de Brest en traversant la piste à pied. Un beau soleil couchant, un petit vent sympa, un accueil chaleureux des agriculteurs qui brûlaient des pneus. Oui, je suis au courant, je connais les problèmes avec Bruxelles, les quotas, les choux-fleurs, les pesticides... J'ai appris à connaître, avec Mad.

Comme on ne pouvait pas sortir avant que les CRS

aient fini de repousser les gilets jaunes avec leurs lances à eau, on a fait du shopping dans les boutiques de l'aérogare. Elle a tenu à m'offrir une brosse à dents, un pyjama, un ciré et des bottes – j'étais parti comme j'étais, rappelez-vous, en baskets et blouson de fourrière.

Son taxi nous attendait derrière les cars de CRS. Un Citroën Berlingo de 2008 qui sentait le poisson et le chien mouillé, avec une croix de Lorraine pendue au rétroviseur – c'est le symbole du général de Gaulle, rien à voir avec la quiche, moi aussi je me suis fait avoir. Le chauffeur avait la soixantaine, il prononçait le prénom à la bretonne, Madalen, et elle l'appelait Le Gwen comme son père avec qui elle avait combattu les Allemands. Pendant que j'essayais les cirés, elle m'avait raconté leur spécialité : faire sauter les viaducs avec les bâtons de dynamite qu'elle lui livrait dans ses quat'-quarts. Le taxi m'a serré la main d'un air suspicieux quand elle m'a présenté comme sa personne de confiance, et il nous a déposés chez son avocat.

Je ne savais pas qu'une procédure d'adoption pouvait aller aussi vite. Il faut dire que son chef de guerre, ce Charles de Gaulle qui jusqu'alors se résumait pour moi à des avenues et un aéroport, avait encore un sacré impact sur l'administration. Il a suffi d'un coup de fil au député du coin pour que le président du tribunal de grande instance délivre l'agrément en urgence, vu l'âge de l'adoptante, son passé gaulliste, son état de santé, l'importance du patronyme menacé de disparition, et hop ! dans soixante-deux jours, le délai de rétractation, je pourrais m'appeler Larmor, Larmor-Pleuben ou Larmor-Pleuben-Médard, au choix. Et je bénéficierais des mêmes droits successoraux que les enfants biologiques que Madeleine n'avait pas eus – c'est-à-dire la transmission des dettes, je vous le rappelle.

Qu'est-ce qui vous choque ? Je vous sens énervé, là, tout à coup. Non, sérieux ? C'est fou comme le monde est petit. Et ça fait longtemps que vous êtes sur liste d'attente ? Ah oui, quand même. Mais c'est vrai que, pour l'adoption d'un mineur, ils doivent être plus regardants. Et puis bon, dans le cas de Madeleine, c'est vrai que le piston a joué, mais c'était surtout un renvoi d'ascenseur. Chaque 8 Mai, pour la fête de la Victoire, elle fait la tournée des monuments aux morts avec le député, en tant que dernière Compagne de la Libération encore vivante, alors il ne peut rien lui refuser.

J'ai signé les documents, repris ma carte d'identité. Dans l'ascenseur, je la sentais aussi gênée que moi d'avoir les larmes aux yeux. Elle s'est contentée de me dire :

— Tu peux me tutoyer, maintenant que tu es de la famille.

On est remontés dans le taxi Berlingo et elle m'a emmené découvrir le patrimoine en péril dont je reprendrais le flambeau. Elle a commencé par me faire visiter la première de ses biscuiteries, à Plougarnic, celle où elle passait le plus clair de son temps. Une usine à l'ancienne pleine de Bretonnes à blouse blanche et charlotte bleue qui fourraient de fruits confits, de pépites de chocolat ou de gelée de fraise les sablés, les galettes, les cookies et les quat'-quarts qui défilaient sur des tapis roulants en direction des fours. D'où la mention « fait main » qui justifie la différence de prix avec la concurrence.

Elle était contente que je m'intéresse, que je

connaisse sa gamme et que j'apprécie – surtout les Choco-Larmor, sa première recette originale mise au point en 1945 avec les tablettes de cacao apportées par les soldats américains. Mais en voyant les vieilles ouvrières couler du nez dans les moules, ça me refroidissait un peu. Je ne montrais rien, je m'extasiais sur le côté humain. Il aurait fallu moderniser, bien sûr, mais je sentais bien que ce que ma future mère attendait de moi, c'était que je garde l'esprit.

Il faut dire que c'était un grand moment d'émotion. Les employés venaient d'apprendre que, non seulement ils ne seraient plus délocalisés aux Pays-Bas, mais qu'ils héritaient de l'entreprise, et leur patronne entretenait le suspense sur moi en leur disant que c'était grâce à mon initiative. Tout le monde me remerciait, sans savoir de quoi, et je répondais que je n'y étais pour rien avec une modestie qui renforçait mon prestige. Madeleine m'a glissé à l'oreille que bravo, j'avais tout compris. Je ne l'ai pas détrompée. Je me sentais comme un attaquant après un but, quand tous les joueurs le câlinent et se prosternent. Pas désagréable, je dois dire. On allait former une bonne équipe.

Le seul qui m'ait regardé de travers, c'était le directeur du marketing, un quadra coincé qui devait rouler pour le neveu. Mad lui a demandé de me préparer un bilan prévisionnel, et je me suis permis de glisser au coinços qu'il n'y avait pas le feu au lac, histoire de le mettre dans ma poche. Pourquoi vous me regardez comme ça ? Ne vous faites pas une fausse idée, capitaine. Je n'arrivais pas en pays conquis, j'essayais de diminuer les tensions. C'est tout.

Le feu au lac, oui. C'est une expression suisse qui

m'a bien plu, quand je l'ai entendue à Lausanne. Je vous raconterai tout à l'heure. Ça veut dire qu'il n'y a pas d'urgence, que ce n'est pas la peine de se mettre la pression. Évidemment, vous, au bord de l'océan, ça vous parle moins. De toute façon, le lendemain, le directeur du marketing a démissionné sans préavis. La guerre était déclarée entre le neveu et moi, en effet. Mais laissez-moi raconter dans l'ordre, déjà que vous mélangez vos notes. Si, si, j'ai bien vu. C'est même pas numéroté. En plus, depuis qu'on a parlé du petit Coréen que vous attendez, je vous trouve moins concerné par mon affaire. Je sais ce que c'est, allez, y a pas de mal. C'est vrai qu'une adoption, ça vous remue en profondeur, d'un côté comme de l'autre. Ils finiront par vous le donner, je suis sûr. Vous avez une bonne tête et un métier qui rassure.

Moi, je vous dis ça gentiment, ce n'est pas la peine de le prendre sur ce ton. On n'est pas des robots : c'est normal que vous ayez des sentiments personnels. Je vous ouvre mon cœur, vous n'êtes pas obligé de vous enfermer à double tour pour être impartial. Je veux dire : j'ai le droit de m'attendrir, *moi*. Ça ne vous engage à rien.

Ensuite ? Le taxi nous a déposés au château de Coëtnavel. Vous n'y êtes jamais allé ? Impossible à chauffer, mais sympa. Du médiéval rasé à la Révolution, reconstruit sous Napoléon III. Quarante hectares de blé, orge et sarrasin pour les biscuits, vingt-deux pièces – mais Madeleine n'occupe que cinquante mètres carrés au-dessus du garage. Depuis qu'elle a donné le château au neveu et à sa marmaille, qui ont divisé les trois étages en appartements, elle est retournée dans la dépendance où elle logeait pendant la guerre, quand elle était aide-cuisinière. Une façon de refermer la boucle…

Elle m'a proposé de dormir en dessous de chez elle. Ça m'a fait rire par rapport à Sam. Enfin, rire… Je n'avais pas cessé de penser à elle une seconde depuis Orly. Je lui avais laissé douze textos pour la tenir informée en temps réel de mes péripéties bretonnes ; elle n'avait répondu qu'au premier par une guitare, un tournesol et un dauphin bleu. Je n'ai jamais rien compris à ce langage des émoticônes, mais ça fait plouc de demander la traduction.

Madeleine m'a donc installé au rez-de-chaussée : une chambre d'appoint aménagée dans une ancienne sacristie ouvrant sur la chapelle désaffectée qui servait de garage. Et là, sous une bâche qu'elle soulève d'un air précautionneux, qu'est-ce que je découvre ? La claque ! Une Renault Floride cabriolet bleu ciel de 1958. Vous voyez le modèle ? Une merveille, apparemment complète, peinture comme neuve, sellerie impec, capote usée jusqu'à la trame, petit choc avant droit, sans batterie ni roues, posée sur cales.

— Ma première voiture, me dit Madeleine. Je l'ai conduite jusqu'à mes quatre-vingt-huit ans. Un cycliste ivre mort m'a percutée sous la pluie, alors mon neveu a décrété qu'elle était devenue dangereuse. Trop vieille pour moi. Il était plein d'attentions, à l'époque, pour que je lui signe ce mandat de protection future qui, si jamais je devenais gâteuse, nous éviterait le racket des tutelles judiciaires. C'est la seule fois de ma vie où je l'ai écouté, et je me le reproche encore. Je l'ai tant aimée, ma Floride. Elle a l'air de vous plaire.

Je lui dis que les autos de collection, c'est vraiment mon trip. Celle qui a tout déclenché, c'est la DeLorean de *Retour vers le futur*, la voiture à remonter le temps avec ses portières papillon, vous vous rappelez ? Ah, super ! on a un point commun… Oui, Doc et Marty, j'adore, et Jennifer aussi, j'ai dû voir le film vingt fois. Il faut dire que j'ai eu la chance de la connaître dans la réalité. Non, pas Jennifer, la DeLorean. La vraie, celle du tournage. Je lui ai graissé le pont en 2013. Le plus grand événement de ma vie, avant le grutage de Madeleine. J'étais au lycée technique de Bobigny en CAP de mécanique, option carosserie-tôlerie. On devait suivre des stages en atelier et j'avais réussi à me faire engager à Courbevoie chez Cinémobiles. Vous ne connaissez pas ? C'est un garage-musée qui rachète, restaure et loue les plus belles voitures mythiques du cinéma, de l'Aston DB 5 de James Bond à la Cadillac 1964 de Bourvil et De Funès dans *Le Corniaud*, en passant par la Batmobile de…

On revient à la Floride, d'accord, avec plaisir. Je connais tout d'elle : ses qualités, ses caprices, ses vices. C'est une vieille demoiselle un peu caractérielle, mais elle a un tel charme, elle a retrouvé une telle jeunesse grâce à moi…

Oui, oui, prenez votre appel, je vous en prie. C'est peut-être pour moi… Non ? Je peux sortir me dégourdir les jambes, si vous voulez être tranquille pour parler… Bon, d'accord. Emportez vos notes, si vous n'avez pas confiance.

Tout va bien ? On dirait que vous avez reçu de bonnes nouvelles… Me concernant ? Vous allez me répondre que ça ne me regarde pas, je sais, mais qui ne tente rien n'a rien. Mon avocate ? Non, bon. Je me suis permis de fermer la fenêtre, quelqu'un fait cuire des sardines. À ce propos, si vous avez prévu de me retenir à déjeuner, il faudrait prévenir la biscuiterie, j'ai un repas d'affaires avec *Le Journal de Mickey.* Je crée un partenariat. À défaut de renouveler la gamme, je rajeunis la cible.

La Renault Floride, oui. Ravi qu'elle vous intéresse, je pourrais vous en parler pendant des heures. En fait, elle a été un élément déclencheur dans ma relation avec Mad. Vous connaissez l'historique ? En 1945, au château, il n'y a plus que le personnel de cuisine, les femmes de ménage et les fermiers. La comtesse de Coëtnavel et sa famille ont été massacrés par des SS en fuite, après le départ de la Wehrmacht. Alors Mad réquisitionne tous ses collègues domestiques au chômage pour fabriquer ses biscuits. Ça commence à marchoter dans la région, et puis voilà qu'elle se retrouve, grâce à son pote de Gaulle, invitée en tant que fournisseur de l'Élysée par Léon Zitrone, le présentateur vedette des premiers JT. Du jour au lendemain, les ventes explosent, elle reprend trois usines à l'abandon qu'elle transforme en biscuiteries, et donc, avec ses premiers bénéfices, qu'est-ce qu'elle s'offre ? Mais non, pas le château, c'est trois ans plus tard qu'elle aura les moyens de le racheter à Locnez, le marchand de porcs du marché noir qui a investi pour lotir les prairies quand elles seraient constructibles et qui, en attendant, laisse les bâtiments tomber en ruine. Ce qu'elle s'offre, là, c'est la Renault Floride. Le cabriolet qui enflamme la jeunesse de l'époque. Ça sera la seule fantaisie de sa vie – jusqu'à moi. C'est elle qui le dit.

Oui, bien sûr, elle me verse un salaire. Je suis déclaré, je cotise, tout est parfaitement en règle. Vous avez l'air de me prendre pour un gig. Non, il n'y a pas de mal, mais quand même. C'est d'ailleurs là, justement, pendant que j'examinais la Floride, qu'elle a abordé le sujet. Comme un cheveu sur la soupe, alors que je lui demandais ce qu'elle avait fait des roues, elle a voulu savoir combien je gagnais à la fourrière. J'ai répondu :

— Deux mille soixante-quinze.

— Brut ?

— Net.

Elle m'a dit que je ne pourrais pas tout mener de front, ici et là-bas, que j'allais devoir choisir. Elle a précisé :

— Comme une personne de confiance ne peut pas se rétribuer, je te propose un poste de conseil en communication marketing à deux mille soixante-quinze euros brut.

Elle a vu dans mon œil que je trouvais ça un peu rat, ce qu'elle m'a confirmé d'ailleurs en m'expliquant que, de cette manière, je prouverais à sa famille que j'étais désintéressé. Elle a enchaîné :

— Pour répondre à ta question, c'est mon neveu qui m'a confisqué les roues, en 2012. Tope là ?

J'ai répliqué :

— Chiche ?

Et, à la place de mon arrêt de travail temporaire, j'ai envoyé ma démission à la fourrière Foch.

C'est fou, hein, comme un destin peut basculer comme ça en deux secondes, sur un coup de tête. Un coup de cœur. La Floride, c'est peut-être le détail qui m'a fait plonger pour de bon dans l'univers de Mad. Elles avaient sillonné les routes ensemble pendant plus d'un demi-siècle – bon, 162 113 au compteur, ça ne fait jamais que trois mille kilomètres par an, mais, pour un moteur dérivé de la Dauphine, c'est quand même un record de longévité. Et puis, suite à la collision avec le cycliste bourré, son neveu l'a obligée à rouler sérieux, dans de la grosse berline sécure, genre Volvo. Fini la jeunesse prolongée, les embardées, les cheveux au vent. Du coup, elle n'avait plus de plaisir à conduire, et c'est son vieux pote Le Gwen qui la trimbalait, des biscuiteries au château, dans son taxi Berlingo. Un trait tiré sur le passé.

Sauf que là, elle me demande si, en plus de mes conseils en communication, je serais capable de restaurer sa Floride. Moi, vous pensez… je saute dessus. Autant les biscuits, à part les manger, je n'ai aucune compétence, autant la mécanique, c'est mon premier métier. Ma vocation. Je préfère mille fois réparer les voitures que les enlever, mais ça rapporte beaucoup moins et, avec le prix des loyers dans le Neuf-Trois, je n'ai pas eu le choix. Un coup d'œil au moteur, au châssis, aux longerons... Le carbu, les freins et les amortisseurs sont morts, il y a de la rouille et de la grippe, c'est normal, mais rien de rédhibitoire. Je le lui dis, elle s'emballe, elle me lance :

— Au boulot, tu as trois semaines !

Son projet, son fantasme, c'était de partir mourir en Suisse avec sa voiture de jeunesse. Moi, évidemment, je lui rappelle une fois encore qu'il n'y a pas de raison, vu qu'elle n'est plus Alzheimer. Elle me répète qu'il est hors de question de décommander ses amis. C'est là que je comprends que dans son anniversaire-suicide, ce n'est pas tant de mourir qui lui importe, mais de dire adieu. De revoir les gens importants de sa vie, dans un contexte où ce ne sera pas juste *happy birthday*, les bougies, on trinque et on se casse. Des vraies retrouvailles, en fait, avec les perdus de vue, les secrets du passé, les passions pas vécues, les coups tordus à pardonner... Des retrouvailles qui lui donneraient envie de poursuivre la route ou non. Parce qu'un continuateur comme moi, ça ne suffit pas. Au contraire. Ça sert à se projeter, pas à se maintenir. C'est là pour reprendre le flambeau, pas pour souffler sur les braises. Y aurait-il, pendant la fête de ses adieux, quelqu'un d'autrefois qui trouverait les mots pour la retenir, la ramener en arrière ou lui redonner le goût du présent ? Laisser une dernière chance à la vie, quoi.

Voilà le projet. Et il passait par la Floride. Par moi, donc, puisque pour l'instant elle n'était plus tournante. C'était formidable ce qu'elle me demandait. Ça me forçait à renouer avec mon passé, moi aussi, à revenir au point de départ, à l'heure du choix, au carrefour où j'avais pris la route de la raison au lieu de suivre ma voie, mon cœur, mes compétences.

J'ai donc démonté le moteur, diagnostiqué les pannes, localisé les fuites, examiné les pièces d'usure. Et puis j'ai rappelé l'atelier où j'avais fait mes premières armes. Cinémobiles, oui, la DeLorean, merci d'avoir suivi. Bonne nouvelle : ils avaient toujours la Floride dont j'avais refait les freins pendant mon stage – le modèle que la Régie Renault avait offert en 59 à Brigitte Bardot. Pour qu'ils acceptent de la cannibaliser, j'ai raconté qu'on préparait le tournage de la prochaine pub Choco-Larmor et qu'ils seraient cités dans le dossier de presse. Vous n'imaginez pas la tête de Madeleine quand je lui ai annoncé qu'elle aurait la capote, le carbu et les amortisseurs de Bardot…

Comment ça ? Bien sûr que j'ai tout fiabilisé. Vous me prenez pour qui ? On a fait près de quatre mille kilomètres depuis la restauration, je vous signale, sans autre souci que la toile vandalisée et un remplacement de Durit. Si c'est pour insinuer dans le procès-verbal de ma garde à vue que Mme Larmor-Pleuben est partie ce matin au volant d'une voiture dangereuse, vous êtes mal tombé. Renseignez-vous au centre de contrôle technique, chez Groupama qui l'a expertisée pour l'assurance, auprès des spécialistes de Renault Classic qui viennent de la photographier sous toutes les coutures pour leur catalogue Patrimoine : elle est totalement nickel !

Attendez… Il me vient un gros doute, là. Si vous me posez toutes ces questions sur la Floride, c'est vraiment que le modèle vous intéresse, ou alors vous vous êtes mis dans la tête que c'est… comment vous appelez ça ? « L'arme du crime » ? Je ne trouve pas ça drôle. Je réponds d'elle comme de moi-même, OK ? Inscrivez-le dans le PV, là, tout de suite ! Et pas en dialecte abrégé !

Mais si, je vous vois venir avec vos gros sabots. J'ai trafiqué les freins, c'est ça ? J'ai faussé la direction, dévissé les boulons, bloqué l'accélérateur ? Eh ben, dès que vous aurez localisé la voiture, on la passera au marbre et on verra bien ! Mais vous vous rendez compte des énormités que vous me sortez ? Si j'étais ce genre de mec, c'est pas en garde à vue qu'il faudrait me mettre, c'est en psychiatrie ! Parce que si on va au bout de votre raisonnement, ça veut dire que j'aurais envoyé à la mort ma future mère et ma future femme !

D'accord, ça va, je les accepte. Pas de souci. C'est un peu ma faute, aussi, j'ai peut-être mal interprété le sous-entendu sur la fiabilité... Mais je vous ai prévenu : je pars au quart de tour, moi, devant l'injustice ! Allez, on passe l'éponge. C'est possible d'avoir un verre d'eau ?

Merci. Qu'est-ce qu'on fait, on continue ou on passe à autre chose ? Très bien, comme vous voudrez. J'en étais où ? Ah oui. Je commande donc les pièces chez mes potes de Cinémobiles, il est près de 21 heures et Madeleine m'emmène dîner au château. Je ne vous raconte pas l'ambiance. Le neveu vient de rentrer de Paris avec la Rolls, qui apparemment s'est pris un pain dans la calandre en arrivant à la fourrière – Vlad est toujours brutal, quand il décharge. Mais ce n'est pas le souci majeur d'Étienne. Il a raconté à sa femme et à la marmaille le coup de force de Mamie au conseil d'administration, et voilà qu'elle débarque au moment des langoustes en me présentant comme son sauveur. Je serre les mains, j'embrasse les plus petits, on me propose un verre. Je suis impressionné : quinze personnes à table. Ma plus grande famille d'accueil, quand j'étais môme, ils étaient quatre. Cinq, avec la télé.

Madeleine est très détendue, elle dit à sa belle-nièce de nous rajouter deux couverts. Elle me donne une pince et un casse-noix, traite son neveu comme s'il était invisible, rassure la famille en promettant que, si tout le monde est gentil avec moi, elle s'abstiendra de porter plainte pour atteinte à son intégrité mentale. Elle reste dans le flou, à cause des petits-enfants d'Étienne, mais le message est passé. Elle précise que rien ne changera, sinon qu'elle reprend son bureau à la biscuiterie de Plougarnic – au moins jusqu'à son anniversaire, où elle rappelle que tout le monde est convié le 27 septembre au bord du lac Léman. Il y aura des jeux pour les enfants.

Le neveu ne moufte pas, concentré au-dessus de son assiette. Il suce ses pattes de langouste comme s'il siphonnait un réservoir. Quand elle se tourne vers moi pour me dire de lui demander le beurre, il me le passe à son intention avec un sourire en lame de couteau. Je suis accepté, quoi. Je fais partie du paysage : ils n'ont pas le choix.

La nuit de rêve que je passe, vous n'avez pas idée. Le silence de la forêt, le craquement doux des vieux bois, l'odeur de cheminée dans les draps frais… Une vraie première pour moi, tout ça. La seule chose qui me manque, évidemment, c'est Sam. Elle ne répond toujours pas à mes textos. Et, quand Madeleine se lève pour aller faire pipi au-dessus de ma tête, ça ne me fait pas du tout le même effet. Mais un peu de nostalgie va bien avec le décor. Et je n'ai pas joué ma dernière carte. L'espoir sur lequel je m'endors, c'est la désertification de vos campagnes. Vous n'avez presque plus de généralistes, m'a dit Madeleine. Alors je me dis que si le Dr Labib, pour échapper aux sanctions dans le Neuf-Trois, vient s'installer ici, on l'accueillera à bras ouverts. Et je ferme les yeux sur l'image de Sam, nue sous une blouse blanche derrière le comptoir d'une pharmacie bretonne.

*

Bon, cela dit, le temps de recevoir par DHL la capote, le carbu et les amortisseurs, les deux premiers jours n'ont pas été très fun. En tant que personne de confiance, j'ai dû faire la tournée des hôpitaux avec Madeleine. Analyses tous azimuts, IRM, scanner, échographie-doppler, angiographie cérébrale… Le diagnostic des Labib et l'expertise du Dr Bormes se sont vus confirmés : sténose artérielle due au cholestérol, aggravée par l'interaction Kantérol / Pentarex.

L'erreur médicale était flagrante, mais, même si elle pouvait difficilement être imputée à la distraction ou à l'incompétence, Madeleine n'était plus d'humeur à se venger. Elle était trop contente d'avoir retrouvé toute sa tête. Au moins, elle savait où elle allait. Fini les médecins du neveu et leurs remèdes toxiques. Désormais, les seuls qui seraient en mesure d'avoir sa peau seraient les œufs frits au beurre, le crabe mayonnaise et l'andouille de Guémené. La base de son alimentation. Eh oui, je ne sais plus si je vous l'ai dit, mais elle a toujours détesté le sucré. Les biscuits, les quat'-quarts, les kouign-amann… Tout ce qu'elle fabrique. Les dizaines de recettes qu'elle a mises au point dans sa jeunesse, c'était uniquement au nez, au doigt et à l'œil. Parfum, température, aspect. Celui qui goûtait, c'était Victor. Ils avaient formé un sacré binôme, tous les deux. C'était lui, le chef cuisinier du château. En lui apprenant le métier, il avait découvert ses dons. Et testé ses premières créations à la fin de la guerre. C'est pour ça qu'elle refuse qu'on touche aux recettes initiales, qu'on ajoute des ingrédients, qu'on étende la gamme ou qu'on la soumette aux exigences du bio. « Ton oncle n'aurait pas aimé » – c'est toujours la même phrase qui a repoussé les tentatives de modernisation proposées par Étienne. La seule innovation que Madeleine lui ait jamais concédée, c'est de mettre sa photo sur les paquets à la place du dessin d'origine, quand elle a eu l'âge d'incarner la mamie emblème de la marque.

Mon opinion sur Étienne ? Je vous ai déjà répondu. En dehors du mal qu'il veut à sa tante, je n'ai rien contre lui. Je le comprends, même. Vis-à-vis de moi, il est tout à fait cohérent. Il fait ce qu'il croit bon pour lui, la famille, l'entreprise. Et il règle ses comptes avec son enfance, comme tout le monde. S'il s'en prend à moi, c'est surtout par jalousie. J'ai reçu dès le premier jour ce que Madeleine ne lui avait jamais accordé : de l'intérêt, de l'estime, de la confiance. Vous savez, on finit par devenir ce que les gens pensent de nous.

J'ai dit « cohérent », oui. Je maintiens le mot. Son accusation de meurtre est débile, mais parfaitement logique. Dans la procédure d'adoption, il y a ce fameux délai de rétractation de deux mois. On est à six jours de l'échéance, il porte donc plainte contre moi pour abus de faiblesse et présomption d'homicide, comme quoi sa tante aurait changé d'avis en découvrant ma « vraie nature » – genre ma condamnation pour coups et blessures à mon père d'accueil. Ne faites pas l'innocent, je sais bien que c'est lui qui vous a balancé mon casier. Je l'entends d'ici : soi-disant que sa tante n'aurait plus voulu de moi comme fils, elle allait me résilier, alors je l'aurais euthanasiée et j'aurais planqué le corps en lieu sûr, le temps que l'adoption devienne effective sur le plan administratif. Ou, version soft : je me serais disputé avec elle, par exemple je l'aurais poussée sans le faire exprès, elle serait tombée dans l'escalier, morte sur le coup, alors je l'aurais chargée dans la Floride que j'aurais balancée dans un ravin pour qu'on croie à un suicide. Après m'être envoyé avec son portable un texto affectueux qui rassure : elle part en promenade, elle me prépare une surprise. C'est ce qu'il vous a raconté, non ? Et vous le croyez, en tant que Breton.

Vraiment ? Vous me jurez, les yeux dans les yeux, que ce n'est pas sa version des faits ? Ah bon. Elle est pire. Au moins, vous êtes franc. Je peux en savoir plus ? Non, vous continuez à me laisser mariner dans l'absurde, pour voir où ça vous mène. Étienne vous a tellement monté contre moi que vous vous êtes dit : c'est un machiavélique, il ne se trahira jamais, sauf si je me montre encore plus tordu que lui.

Écoutez, capitaine Kardec, je sais bien que mon dossier a l'air de plaider en sa faveur. Je sais bien qu'un Flanby qui débarque de Bobigny, ça ne pèse rien face à un gros bonnet du Finistère qui arrose tout le monde, mais depuis que vous m'écoutez, vous sentez bien que je suis sincère, non ? J'aime profondément Madeleine. J'adore tout ce qu'elle me demande : apprendre le breton en casse-croûtant avec son personnel, gérer sa com, la balader dans sa Floride, l'écouter parler de sa guerre, de son Général, de son Victor, de sa bonne sœur... Mais la chose qui importe surtout pour moi, c'est d'essayer de sauver ce qui la raccroche à la vie : son entreprise et ses emplois.

Et puis merde, il faut tenir compte de mes antécédents ! Si j'étais quelqu'un d'intéressé par le pognon, j'aurais porté plainte contre mon ex en 2015. Relisez vos notes. Marjolaine Végard, Disque d'or avec la chanson qu'elle a signée à ma place. J'ai toutes les preuves que c'est moi qui ai écrit « Kiffe-toi », j'ai tous les brouillons datés dans mon ordi, ça m'aurait rapporté des dizaines de milliers d'euros si je l'avais accusée de vol – alors qu'à la place je me suis tapé six mois de taule pour avoir défendu son honneur. Il me paraît clair mon profil, non ? Franchement, de vous à moi, vous croyez que je suis le genre à dissoudre une vieille dame dans une baignoire d'acide pour m'emparer d'une marque de biscuits ?

Non, j'ai dit ça comme ça. Une image qui m'est venue, un truc que j'ai dû voir sur Netflix. Pourquoi ? Eh ben c'est la preuve que le neveu et moi, on regarde les mêmes séries, c'est tout ! J'étais en train de me moquer de vous, là, de vous imiter dans vos théories à la con, vous n'allez tout de même pas prendre mon imitation pour un aveu ? Non, parce que j'arrête de parler, moi, si c'est comme ça, et on attend mon avocate !

Je suis calme. C'est vous qui m'embrouillez, avec vos allusions, vos petits coups en douce, vos replis stratégiques pour que je pense que vous me croyez innocent… Et puis vous me donnez faim, à mâchonner comme ça devant moi. Non, non, continuez, on n'est plus à ça près, je n'ai qu'à regarder ailleurs. Allez, finissons-en. On était en train de parler des mobiles du neveu – eh ben, vous savez quoi ? Je porte plainte à mon tour. Et j'ai un vrai chef d'accusation, moi, pas comme ce naze ! Un vrai bon mobile qui ne fera pas rigoler le juge. Lequel ? Dans l'hypothèse où je serais condamné pour la disparition de sa tante, je suppose que, même adopté, ça m'empêcherait d'hériter d'elle, non ? Ben voilà. Vous l'avez, son mobile. Relâchez-moi, arrêtez-le et demandez-lui ce qu'il a fait du corps, vous verrez bien sa réaction.

Je ne suis pas fatigué, merci. Non, non, continuons, on tient le bon bout. Parce je vais vous dire quelle est, au moment où je vous parle, la situation réelle de l'entreprise : la transformation du groupe Mamie Larmor en société anonyme à participation ouvrière, telle que l'a voulue Madeleine, n'est pas encore parue au *Journal officiel*. Vous percutez ? Donc, si elle décède aujourd'hui, rien n'empêche l'héritier de refaire un conseil d'administration et de concrétiser la vente prévue à ses potes hollandais.

OK, ce n'est pas de refus. Je peux avoir un biscuit, avec ? Mais non, ce n'est pas de la provoc. C'est juste que je n'ai pas eu le temps de prendre mon petit déj' à cause de vos gars, et je gargouille. Ce n'est pas très agréable pour vous. L'avantage des Choco-Larmor, c'est que ça bétonne en deux secondes. Mais si vous n'avez pas, tant pis. Une barre de flocons d'avoine comme vous, ça ira très bien.

Au début ça surprend, c'est quand même de la nourriture pour cheval, mais, trempé dans le café, on s'y fait. Merci. Ça va, vous arrivez à vous relire ? Sinon, ce n'est pas grave, on recommence…

De toute façon, je me suis excité, mais ça ne tient pas debout, ce que je vous ai dit sur le neveu. D'abord, ce que je sens au fond de moi, c'est qu'il est incapable de se débarrasser de Madeleine autrement que par des médicaments. Et puis, il y a le texto que j'ai reçu ce matin. Ce qui m'innocente l'innocente aussi. À moins qu'il lui ait pris son portable pour m'envoyer ce message. Ou moi, d'accord. On revient à la case départ. Sauf que vos gars ont retourné ma chambre et mon bureau à la biscuiterie, je suppose, et ils n'ont rien trouvé. N'est-ce pas ? Eh ben qu'ils aillent fouiller le château, les affaires d'Étienne, la Rolls…

Comment ça, « rien non plus » ? Attendez, je ne suis pas sûr d'avoir bien compris. Si vous avez perquisitionné chez lui, c'est que vous le soupçonnez aussi ? Génial ! Non, je veux dire, on est à égalité, pour vous – excusez-moi, mais ça change tout, à mon petit niveau. En tout cas, ça détend. Et puis dites donc, il me vient une idée… Pourquoi vous me cuisinez sur lui, comme ça, depuis tout à l'heure ? Vous m'avez bien dit qu'à l'origine, vous êtes de la Brigade financière. Ça ne serait pas sur lui que vous enquêtez en réalité, mine de rien ? D'accord, j'ai compris. Ce n'est pas moi qui vous intéresse. Le gibier, c'est lui. Moi, je suis juste le rabatteur. L'appât, même. L'hameçon pour lui tirer les vers du nez.

Une minute ! Laissez-moi suivre mon idée. Maintenant que j'y repense, j'ai bien vu comme vous étiez intéressé quand j'ai parlé de sa voiture, dès le début : une Rolls-Royce Phantom à trois cent mille euros, quand l'entreprise familiale est au bord de la faillite, c'est vrai que ça fait désordre… C'est quoi, ses fameux acheteurs, c'est la mafia hollandaise ? Allez, on se lâche. Balancez vos conclusions, crachez-moi le morceau, ça ne sortira pas d'ici…

Vous savez ce que je crois ? À tous les coups, il est en garde à vue lui aussi, dans la pièce à côté, et quand soi-disant vous filez aux toilettes, c'est pour aller confronter ma version avec la sienne… Bien vu, non ? Si, si, capitaine. Pas la peine de nier, j'ai repéré le petit TOC, chaque fois que je marque un point : vous croisez les chevilles et vous rangez les miettes d'avoine en rond autour de votre mug. Je vous ai scotché, là, hein ? Ne vous inquiétez pas, je ne vais pas le tweeter à l'intention de vos prochains suspects.

Juste une petite question, pendant qu'on y est. A priori, je ne vois pas bien l'intérêt pour la mafia hollandaise de s'acheter des biscuits bretons. C'est une couverture pour écouler de la drogue ? OK, silence radio, secret de l'enquête. Mais donc votre idée, c'est que maintenant qu'Étienne a dealé avec eux, si sa tante casse la vente, il est mort. Alors il la zigouille en me faisant accuser : d'une pierre deux coups. D'accord. C'est *Le Parrain* version bigoudène.

Remarquez, vous avez raison, ce n'est pas plus absurde que de me soupçonner. Maintenant, même si ça va contre mes intérêts, la vérité m'oblige à vous dire que la Rolls, elle vient de sa seconde femme. Bérénice a un père très riche, marchand d'armes. En fait, il l'avait épousée pour renflouer les biscuits, quand Mad avait refusé les compressions de personnel et la délocalisation.

Ça y est, j'y suis ! Vous avez appris que Bérénice demande le divorce, à cause de la liaison qu'il aurait eue avec sa négociatrice hollandaise, et donc vous vous dites qu'il se retrouve aux abois financièrement, ce qui fait un motif de plus pour éliminer tantine. Désolé de vous décevoir, capitaine : ils sont mariés sous le régime de la séparation de biens. Béré lui a repris la Rolls, mais il lui reste sa Porsche Cayenne pour aller aux fraises. Sans parler du château et des terres constructibles, que Madeleine lui a donnés quand il était encore célibataire. Il y a des divorces dont on se remet plus mal.

Vous avez d'autres preuves de ce genre contre lui ? Non, je me marre, pardon… Mais il y a de quoi. Si, comme le laisse entendre leur texto, Mad et Sam sont juste allées m'acheter mon cadeau de mariage, style une nouvelle capote pour la Floride, vous aurez l'air fin… Moi encore ça va, je suis magnanime, mais le neveu, il va vous faire muter au ramassage des algues vertes.

Très bien, on reprend. Fin de la récré. On s'offre quand même un autre café, non, pour fêter nos petits secrets ? Comme ça on marque la transition, on oublie les confidences et on repart sur de nouvelles bases. Mais, promis, je vais respecter votre enquête. Je vais me caler sur votre méthode. On ne change pas une équipe qui bluffe : je ferai comme si j'étais toujours votre principal suspect.

C'est ça, à tout de suite. Mais ça fait quand même cinq fois. J'espère que ce n'est pas la prostate.

Étienne va bien ? J'imagine qu'il est assisté de son avocat, lui. Ah non ? Ça m'étonne un peu, mais je vous crois. Comment ça se passe ? Je suppose qu'il est cuisiné par un de vos collègues et, chaque fois que vous me quittez, vous allez remettre de l'huile sur le feu en lui racontant que je témoigne contre lui. Arrêtez-moi si je me trompe, mais mon impression, c'est que vous tuez le temps avec moi en attendant qu'il craque. Je vous rappelle juste que j'ai un déjeuner d'affaires à 13 h 15 ; vu l'absence de charges contre moi, ce n'est peut-être pas utile de le décommander. À moins que vous l'ayez déjà fait ? D'accord. Il me restera vos flocons d'avoine.

*

Ce que m'évoque cette photo ? C'est un Polaroid, ça ne date pas d'hier. Des enfants sur une plage en train de nettoyer des oiseaux mazoutés… Une sacrée marée noire. L'*Amoco Cadiz*, 1978 ? Je n'ai pas de mérite, Madeleine m'en a tellement parlé… Pour elle, c'était sa deuxième guerre. S'engager, réparer les dommages, combattre la Shell et les armateurs… Elle a dépensé des millions pour indemniser les populations et dépolluer les sites face aux lenteurs de l'État, aux coups fourrés de la justice. Dites donc, c'est elle, là, près du rocher, en ciré jaune avec la pelle à goudron…

Pourquoi vous avez cette photo dans votre portefeuille, c'est un souvenir d'enfance ? D'accord, vous êtes un des gamins. Le quatrième – non, le cinquième, ici, en partant de la gauche. Ah bon ? Vous avez drôlement maigri. Vous aviez quoi, neuf ans, dix ans… ? Vous étiez mobilisé avec votre école. Il y a une dédicace, au dos, je peux lire ?

À Thomas Kardec, mon courageux petit soldat de la marée noire. Les oiseaux te remercient.

Madalen Larmor, Portsall, mars 78.

OK. L'idée, c'est de me montrer que, pour vous, ce n'est pas une enquête comme une autre. Ça me touche. Je me demandais pourquoi vous m'écoutiez parler d'elle avec autant d'attention… et de compréhension, parfois. Pourquoi vous preniez tant à cœur. Elle vous a marqué, vous aussi. Cette impression d'être choisi, missionné, d'être quelqu'un. C'est drôle, ce lien qu'elle est en train de nouer entre nous… Vous l'avez revue depuis la marée noire ? Mais non, elle n'est pas inaccessible – j'en suis la preuve. Elle sera ravie d'apprendre que le flic qui la recherche est un de ses anciens combattants de la plage. Oui, bien sûr, je vous rends la photo.

*

Que je vous parle de Lausanne ? Ça ne m'ennuie pas, non. Son suicide assisté, c'est l'un des plus beaux souvenirs de ma vie. En fait, il n'y avait pas de suspense. Depuis que j'étais sa personne de confiance, elle n'avait plus envie de mourir. Enfin, pas comme ça. Mais elle avait signé le contrat, versé des arrhes, retenu sa chambre et surtout, je vous ai dit, tous ses invités avaient confirmé leur venue. Tous les personnages importants de sa vie, tous les survivants. Elle ne pouvait pas les décommander. La joie de les revoir une dernière fois. L'émotion d'entendre les mots qu'ils auraient pour la dissuader de se tuer, lui donner envie de rester encore un peu, ou approuver son choix en l'admirant d'avoir le courage. C'était beaucoup plus excitant, à son âge, que de ronger son frein en attendant de fêter son centenaire.

J'avais terminé la Floride dans les temps, elle était fière de moi et, là, il y avait de quoi : contrôle technique vierge, zéro défaut. Elle avait décidé qu'on ferait le chemin des écoliers, comme elle disait. Qu'on prendrait notre temps, qu'on s'arrêterait dans de beaux endroits, histoire de revoir la France une dernière fois, si jamais finalement elle décidait d'honorer son contrat. Sa chanson fétiche, vous savez, c'était « La vieille » de Michel Sardou. Elle me l'a fait écouter cent fois sur la radiocassette de la Floride. Vous connaissez ? C'est l'histoire d'une grand-mère qui a observé qu'à son âge, en général, les gens meurent en hiver.

Elle a des cerises sur son chapeau, la vieille,
Elle se fait croire que c'est l'été...

Elle s'identifiait. Sauf que là, c'était à l'envers, par rapport à la mort. Elle se faisait croire que c'était son dernier voyage, comme ça elle en profitait mieux. Les grasses matinées, les pieds dans la rosée, les détours pour un point de vue, les jolis musées, les bons gueuletons, les meilleurs vins… Elle ne laissait rien pour la prochaine fois. En même temps, elle me léguait tout. Son passé qu'elle me racontait en roulant, et puis le présent qu'on partageait, et puis l'avenir auquel elle me préparait. Elle me faisait visiter ses souvenirs, découvrait avec moi de nouveaux paysages pour me donner l'envie d'y revenir, un jour, en sa mémoire… Et puis, on travaillait. On peaufinait son dernier projet dont elle me confiait la réalisation posthume : Bébé-Larmor. Ses recettes originales adaptées en p'tits pots, pour former le goût et préparer l'addiction des futurs consommateurs de ses biscuits. C'est de cette manière, et pas autrement, qu'elle concevait le rajeunissement de sa gamme.

Le neveu ? Il était invité à l'anniversaire, je vous ai dit, avec Bérénice et la marmaille. Enfin, les plus de treize ans, pour ne pas traumatiser les autres. Ils avaient prévu d'arriver en avion le vendredi après-midi et de consacrer le samedi au rapatriement du corps. À l'époque, ils étaient sûrs qu'elle allait baisser le rideau, comme au théâtre quand la pièce est finie ; ils ne se doutaient pas que c'était juste l'entracte.

Ça la faisait beaucoup rire, Madeleine. L'idée de souffler ses bougies en leur révélant mon adoption imminente… Elle n'était pas sadique, elle prenait juste sa revanche sur les cœurs secs, les calculs et les arrière-pensées. Une revanche de gamine. Elle disait que c'était mon énergie à moi. L'énergie qu'elle puisait dans ma présence. L'énergie du bon tour qu'elle allait jouer à ces vautours. Mais jamais je n'ai pensé qu'elle ne voyait en moi qu'un outil de vengeance.

Non, je ne parle pas au passé, capitaine. C'est vous. Moi, je m'accorde. La concordance des temps, vous connaissez ? Qu'est-ce qui se passe ? Vous n'êtes plus le même, depuis que vous êtes revenu. Étienne a fait une déclaration qui vous trouble ou vous êtes parti sur une autre piste ? Dites. Au point où on en est.

Une récidive. Vous appelez ça comme ça. Non, je vous arrête tout de suite. L'idée de suicide ne la dérange pas en soi, au contraire, mais elle n'est plus d'actualité. Si vous pensez qu'elle a demandé à Sam de l'assister, genre tu me conduis jusqu'à un précipice et tu descends de voiture avant que je plonge, c'est juste débile. Oui, c'est l'hypothèse que je vois dans vos yeux, mais laissez tomber. Sam lui a stabilisé son cholestérol, elle n'a plus aucun signe dégénératif à part les rhumatismes, et ce n'est pas sa seule raison de rester parmi nous. Je sais bien qu'elle est vivante : pour rien au monde elle ne raterait notre mariage. C'est elle, mon témoin.

Ah bon, je ne vous l'ai pas dit ? Elle et mon copain Vlad de la fourrière Foch. Si ça se trouve, Cinémobiles a terminé la nouvelle capote et elle emmène la Floride à Courbevoie pour la pose – c'est ça, mon cadeau de mariage. Voilà, on y est ! C'est pour ça que le chef d'atelier ne me rappelle jamais, quand je demande où ils en sont : elle lui a dit qu'elle me faisait la surprise. Et ça explique pourquoi elle est partie avec Sam. Elle ne peut pas conduire plus d'une heure de suite, sinon elle s'endort.

Téléphonez à l'atelier, tiens, comme ça vous en aurez le cœur net. Mais ne dites pas que je suis avec vous, si jamais elles sont déjà arrivées. Vous donnez juste leur signalement. Ou appelez le Ritz, tiens, je préfère. Ça sera plus discret. C'est un grand hôtel à Paris, qu'elle m'a fait découvrir. Vous demandez si Mme Larmor a réservé pour cette nuit – elles ne vont pas se taper l'aller-retour dans la journée. Vous savez ce que je me dis ? Elle va profiter de l'occasion pour se refaire une beauté, elle aussi, comme la voiture. Un petit soin revitalisant au spa du Ritz – je l'avais vue regarder les flyers, à la réception. J'imagine la tronche d'Étienne quand vous lui annoncerez la bonne nouvelle. Non, votre tante n'est pas dissoute dans une baignoire, elle trempe dans le jacuzzi d'un palace pour être la plus belle au mariage de son assassin présumé. Je suis mort de rire.

Comment ça, « un peu de décence » ? C'est moi qui suis indécent ? Le mafioso des Pays-Bas m'accuse du meurtre de ma mère adoptive, alors que je l'ai sauvée du suicide auquel il l'avait poussée en lui faisant croire qu'elle était Alzheimer, et c'est moi qui suis indécent ? Non, je ne m'énerve pas, je m'indigne. Téléphonez au Ritz, je vous dis ! Demandez la 363, c'est la chambre qu'elle a exigée la dernière fois.

Oui, on avait fait étape sur le chemin de Lausanne. Un petit pèlerinage. Elle n'y était pas revenue depuis sa nuit avec Günther, en août 44. Mais non, je ne suis pas en train d'insulter sa mémoire ! C'est un merveilleux souvenir, pour elle. Vous voulez que je vous raconte ?

D'accord, j'attends. Mais vous pouvez téléphoner devant moi… Comme vous voulez.

Et elle n'a pas fait de réservation ? Bon. Mais ils vous ont confirmé qu'elle avait bien la 363, le 22 septembre ? Non, parce que vous n'aviez pas l'air de me croire. Je le sais bien, que ce n'est pas un alibi ! C'est juste la preuve que je ne vous raconte pas de salades pour vous embrouiller. La 363 et la suite Chaplin, elle avait pris. Ben non, on n'allait pas dormir tous les trois dans le même lit. Samira nous avait rejoints au Ritz, oui. Madeleine l'avait invitée à dîner. Elle n'allait pas bien du tout, en fait.

Pendant que je restaurais la Floride à Coëtnavel, je l'appelais deux fois par jour, et la plupart du temps elle me raccrochait en disant : « J'ai Mad en double appel. » Je sentais bien qu'il y avait un souci. Quand je lui demandais ce qui se passait, elle se contentait de répondre : « Je gère. » Et puis, un soir, elle a fini par développer : son frère s'était maqué avec un biker, il l'avait installé chez eux, ça fumait toute la nuit sur fond de Heavy Metal et ça ronflait le jour, alors, le fait qu'on soit de passage à Paris, ça la changeait un peu. Mais le pire, c'est que l'Ordre des médecins du Neuf-Trois avait décidé de radier son père, s'il continuait ses guérisons illégales. Du coup, mon rêve de lui faire racheter le cabinet de Coëtnavel prenait des allures d'urgence ; Sam pourrait trouver dans la foulée une place d'apprentie à la pharmacie d'un village voisin, et comme ça j'aurais reconstitué mon univers de Bobigny…

Mais bon, je garde ça sous le coude pour ne pas rompre le charme, parce que là, sous les vieilles boiseries du restaurant coup-de-barre du Ritz, ma Samira n'a d'yeux que pour Madeleine, qui nous raconte son dîner du 11 août 44 avec son colonel de la Wehrmacht. Ce qui la fascine, c'est comment une petite cuisinière de dix-sept ans envoûte avec ses gâteaux et son charme innocent l'officier qui a réquisitionné le château de ses patrons, puis comment elle l'espionne en l'excitant sans jamais passer à la casserole. Günther s'efforce d'être fidèle à sa femme en Bavière, comme je vous ai dit. Tout ce qu'il demande, c'est un peu de douceur dans un monde de brutes : la main sur les fesses entre deux portes et des petits bisous dans le cou.

Aussi, quand les Alliés se mettent à libérer la Bretagne et que les Allemands plient bagage, elle joue le tout pour le tout. Günther est le cousin du général von Choltitz, qui vient d'être nommé par Hitler gouverneur militaire de Paris et l'appelle auprès de lui en urgence. Paris, c'est là que Victor est détenu en otage. Elle ne peut pas laisser passer cette chance. Alors, elle avoue au colonel qu'elle fait partie elle aussi du réseau de mère Yvonne-Aimée. Et elle l'assure que s'il libère Victor, en lien direct avec de Gaulle à Londres, il sauvera sa peau quand la Résistance aura gagné.

Culotté, oui, mais il ne faut pas oublier une chose : Günther Habsdorff et Dietrich von Choltitz sont des officiers de la Wehrmacht, pas des nazis. Ils savent que les carottes sont cuites, qu'Hitler n'est plus qu'un malade mental drogué à mort qui veut entraîner tout le monde dans sa chute. Il est urgent de traiter avec les Alliés. Aussitôt Günther embarque Madeleine, ils traversent la Bretagne à feu et à sang, arrivent à Paris au milieu des combats de rue. Il l'installe au Ritz, puis il va négocier à trois pâtés de maisons avec son cousin, barricadé dans ses bureaux de l'hôtel Meurice. Et, à 8 heures du soir, il revient annoncer à la petite cuisinière que son amoureux sera libéré le lendemain en échange d'un reçu. Oui, c'est le mot qu'il emploie. Et c'est grâce à ce « reçu », entre autres, que les deux cousins seront épargnés quand, treize jours plus tard, Choltitz décidera de capituler.

On fête la bonne nouvelle à coups de vin blanc. De bouteille en bouteille, elle nous fait revivre l'ambiance incroyable de ce palace qui, à l'époque, était partagé en deux zones : les chambres réquisitionnées par l'état-major de la Luftwaffe et celles où se planquaient des juifs, des résistants, des parachutistes anglais... À la fin du repas, elle a soudain réuni nos mains dans les siennes, et elle a dit :

— Mes chéris, pardon d'assombrir cette soirée, mais j'ai besoin de vous avouer ce qui me hante depuis soixante-treize ans. J'avais récupéré mon Victor, oui, mais *qui* avais-je sauvé ? Un héros ou un traître ? J'étais si heureuse avec lui durant nos deux mois de mariage, si affairée à le soigner, à créer nos biscuits... Rien d'autre ne comptait. Mais les langues se sont déliées après sa mort. Certains camarades l'ont accusé d'avoir joué double jeu. Il espionnait pour nous l'état-major breton de la Wehrmacht, oui, mais il renseignait peut-être aussi les SS, qui avaient toujours regardé Günther comme une lavette francophile. La Gestapo l'avait-elle réellement arrêté, ou juste exfiltré à Paris par mesure de précaution, quand la Résistance avait commencé à se méfier de lui ? C'était la thèse de Le Gwen, entre autres, le père de mon taxi. J'ai passé des années à leur démontrer que leurs soupçons n'étaient fondés que sur la jalousie... Mais Yvonne-Aimée a toujours refusé qu'on aborde le sujet, de Gaulle aussi. Je ne saurai jamais s'ils protégeaient sa mémoire, la réputation de ses accusateurs ou mon aveuglement.

Elle a marqué un temps, mis la main au-dessus de son verre pour empêcher le garçon de la resservir. Je ne l'avais jamais vue si désarmée. Elle a sorti une cigarette de son sac, et personne n'a osé la dissuader de l'allumer. Les doigts tremblants, elle a repris :

— Une question continue de me réveiller presque chaque nuit. La bronchite chronique de Victor, qui a fini par l'emporter, était-elle due à la torture dans une baignoire de la Gestapo ou, comme le prétendaient Le Gwen et sa bande, aux ripailles nazies du printemps 44 dans les jardins du Ritz ? J'ai coupé les ponts avec mes anciens compagnons d'armes, que la vie et la mort ont dispersés. Je me suis repliée sur mon entreprise et mon personnel, cramponnée à l'innocence héroïque de Victor. J'ai entretenu mon amour jusqu'à l'obsession pour étouffer la calomnie, défendre l'honneur de sa famille, rien ne devait ébranler mes certitudes... Et tout ce qui me reste au final, quand je me retrouve dans ce décor, c'est le doute. J'ai raison ? J'ai raison d'aller chercher à Lausanne la preuve que j'ai toujours fuie ?

Je n'ai pas su que répondre. Elle a écrasé sa cigarette dans son assiette à pain.

— De toute façon il est mort, l'a consolée Sam, et nous on est là. Occupe-toi des vivants qui t'aiment.

Quand on s'est levés de table, la consolatrice ne tenait plus debout. J'ai proposé de la raccompagner à Bobigny. Elle a préféré dormir sur place. C'est là que Mad lui a dit :

— J'ai pris la chambre de bonne que j'avais en 44 : je donne sur un mur aveugle. Tu seras mieux dans la Chaplin de Max, avec vue sur la colonne Vendôme.

Sam m'a demandé, les yeux brillants, si ça ne me dérangeait pas. J'ai dit non, au contraire. Mais j'étais lucide : c'était surtout la suite prestige qui l'excitait. C'est vrai, c'est une fois dans la vie, ce genre de truc. Elle était comme une gamine : elle ouvrait tous les placards, photographiait les robinets dorés en col de cygne, chourait les flacons de gel douche, faisait la roue sur le balcon, transformait le lit géant en trampoline…

Pardon ? Non, ce n'est pas cette nuit-là qu'on a couché ensemble. Elle m'a dit : On va être sages, comme Madeleine et Günther. Elle m'a juste pris dans sa bouche, quoi, histoire de me neutraliser pour avoir la paix. Mais elle s'est endormie en cours.

Au départ, ça m'a vexé, et puis le matin j'ai compris qu'en fin de compte, c'était ma chance. Le fait que je l'aie laissée dormir la bouche pleine avait créé un lien entre nous, si vous voulez, bien plus fort que si j'avais profité de sa cuite. Vous connaissez les femmes : elle se sentait redevable. Et puis, comme il a fallu attendre que je cicatrise – oui, en plus, elle avait parlé en dormant –, elle a eu le temps d'avoir envie de moi, au fil des kilomètres. Parce que bon, au petit déj', elle avait décidé que, si on voulait d'elle, elle nous accompagnait à Lausanne.

Comme ça, un coup de tête. Sans repasser chez elle pour prendre un sac; elle achèterait en route. C'était sa manière de répondre à l'invasion de son espace vital par le biker de son frère. Mais surtout, la vraie raison, c'est qu'elle voulait être sûre que Mad avait bien renoncé au suicide. Avec un Flanby comme moi pour personne de confiance, elle se disait qu'on ne serait pas trop de deux.

Madeleine était ravie. Comme elle avait des jambes beaucoup moins longues – comme elle *a*, pardon, je me méfie, maintenant, avec vous –, elle s'est mise à l'arrière de la Floride. C'était comme un voyage de noces à trois. Elle était déchaînée, notre mamie. Je pense qu'elle avait à cœur de nous rassurer, après son coup de cafard de la veille. Oui, elle choisissait la vie, elle choisissait la jeunesse: pour s'accorder à la nôtre, elle nous plongeait dans la sienne. Fini « La vieille » de Sardou, elle sortait de son couffin Frank Sinatra, Charles Trenet, Michel Legrand, Ella Fitzgerald, Georges Brassens... Des cassettes collector qui s'emmêlaient dans l'autoradio comme des tagliatelles, alors elle prenait le relais du chanteur à tue-tête:

Vous envierez un peu l'éternel estivant
Qui fait du pédalo sur la vague en rêvant,
Qui passe sa mort en vacances...

Vous connaissez par cœur, bravo ! Si on m'avait dit qu'un jour je chanterais Brassens en duo avec un flic pendant ma garde à vue... La vie est géniale, quand même.

À partir de là, notre voyage vers sa clinique à suicides a changé de style. Après le chemin des écoliers, c'était devenu le circuit des amoureux. Les confidences du Ritz avaient ouvert son placard aux secrets... Le nez sur une carte routière obsolète qui claquait au vent, elle nous faisait faire un crochet par la tombe de tous les hommes qui s'étaient consumés pour elle. Fernand, son banquier de Morlaix qui avait pris sa retraite à Lyon en 1976. Jean-René, le responsable des achats de l'enseigne Prisunic en Rhône-Alpes qui, l'année 1963, l'avait référencée pour la première fois en grande surface. Erwann, son ancien directeur commercial qui avait fini moine à l'abbaye de Hautecombe. Et Tanguy, son curé des années 70 qui, lui, avait quitté Dieu pour elle et s'était consolé en ouvrant un gîte rural en Haute-Savoie...

Elle avait eu le cœur bien rempli, oui, je vous confirme. À Aix-les-Bains, elle nous a avoué que la mémoire de Victor, finalement, lui avait servi de repoussoir et de garde-fou pour tous les amoureux suivants, parce qu'elle ne voulait plus jamais souffrir à cause d'un homme. Si je vous montre une photo d'elle à mon âge, vous comprendrez pourquoi ils craquaient tous.

Samira ? Dites donc, elle vous obsède. Je croyais que c'était Madeleine, l'objet de votre enquête... Non, je vous charrie, mais ça me touche. Ça s'est passé à l'auberge du Père Bise, à Talloires, juste avant la frontière suisse. Un endroit vierge. Madeleine n'y avait pas de souvenirs, je veux dire : elle avait juste trouvé l'endroit joli, avec le lac d'Annecy et les montagnes et deux étoiles au Michelin. Le souvenir, maintenant, il est pour moi.

Que voulez-vous que je vous dise ? Faire l'amour avec Sam, je ne vais pas entrer dans les détails parce que ça me regarde et que vous êtes en couple, mais c'était mieux que tous les fantasmes que j'avais pu accumuler depuis trois ans qu'elle marchait sur ma tête. Enfin, à partir de la cinquième fois. Parce que les quatre premières, j'avais dû me bagarrer avec le flash-back. Son viol à quinze ans. Oui, contrairement à ce que j'avais cru en entendant les gars de la cité, la tournante dans les caves du bloc Athéna n'était pas une légende urbaine. En fait, elle n'avait pas eu d'hommes avant moi, à part ses violeurs.

Vous vous rendez compte, la responsabilité, quand elle m'a sorti ça ? Ou ça se passait bien et je la réconciliais avec le genre mascu, ou ça réveillait l'horreur et ça refermait la porte définitivement. Pour vous mettre la pression, y a pas mieux. D'autant qu'à Talloires, elle m'avait demandé : « Fais-moi l'amour comme une fille. » Pour un mec qui n'avait pas baisé depuis la Saint-Sylvestre, je me disais que ça n'avait rien de surhumain. J'avais tort. Mais bon, au bout de cinq fois, il faut croire que j'ai eu gain de cause, puisqu'on se marie samedi. Si tout va bien, oui, d'accord. Merci de me remettre dans le contexte. Vous n'allez quand même pas prolonger ma garde à vue jusqu'à la nuit de noces ?

Lausanne, oui. J'y viens.

Les deux derniers jours du voyage, Madeleine s'était assombrie. Elle ne disait presque plus rien. Je croyais que c'était le fait de se rapprocher du lieu et de la date. Mais non, c'était juste le trac. Le trac des retrouvailles avec les survivants de son passé.

En plus, à cause d'une surchauffe du radiateur, j'avais dû m'arrêter à Annemasse pour remplacer une Durit. Il a fallu commander la pièce et, quand on est arrivés dans ce qu'elle appelait le « mouroir aux alouettes », on avait une journée de retard. C'était ennuyeux pour une chose : une fois qu'on s'est présentés à la réception et qu'on a signé le bon pour accord, il y a un délai de rétractation, comme pour l'adoption. Là, il faut attendre au minimum quarante-huit heures avant qu'ils vous donnent la « solution létale » – c'est le nom suisse. La piqûre mortelle que vous devez vous faire vous-même, sinon c'est de l'« euthanasie active directe » et ça n'est pas légal dans le canton de Vaud. Madeleine était furieuse : elle tenait absolument à l'unité de lieu, de temps et d'action, comme elle disait. Pas question de faire venir ses invités pour un simple apéro sans l'enjeu de 21 h 30 – l'heure de sa mort indiquée sur le faire-part. Et pas question de les décaler au lendemain de son anniversaire.

Alors, c'est Sam qui a usé de son charme auprès du réceptionniste afin qu'il antidate le bon pour accord. Comme argument, en plus de son décolleté, elle a fait valoir que Mme Larmor-Pleuben était accompagnée de sa personne de confiance et de son coach médical, ce qui permettait de diviser le temps de réflexion par le nombre d'avis autorisés.

En l'entraînant par le bras vers l'ascenseur, Mad lui a chuchoté avec toute la fierté du monde :

— J'ai cru m'entendre.

L'effet de cette phrase, vous n'imaginez pas. Jamais je n'ai vu autant de bonheur dans les yeux de Sam. Vous savez, sa décision de venir vivre en Bretagne avec nous, je pense qu'elle est vraiment née à ce moment-là. La grande spécialité de Madeleine, c'est quand même de transformer en débiteurs ceux qui lui viennent en aide. Non ? J'étais originaire d'un local à poubelles, Sam avait perdu sa mère à l'âge de dix ans : nous étions des proies rêvées. Non, je dis ça sans méchanceté. Au contraire.

J'ai l'impression que vous ne comprenez pas l'attitude de Sam. Ça pouvait ressembler à un encouragement au suicide, oui, mais c'était l'inverse. Vous montez à cheval ? Nous, le dimanche, avec l'assoce, on emmenait souvent nos vieux se faire initier au centre équestre de La Courneuve. Quand un cheval s'emballe, il ne faut pas essayer de le retenir, il faut le cravacher comme si on voulait qu'il accélère, alors il prend conscience que c'est dangereux et il ralentit de lui-même. C'est ce que Sam faisait avec Mad.

On s'installe donc à l'Ermitage Beauséjour, un grand chalet en verre au milieu d'une pelouse de golf descendant jusqu'au lac. Mad a réservé l'appartement d'angle au dernier étage, avec un salon de réception où nous attendent six caisses de vin livrées par DHL. Je n'y connais rien, mais Sam, qui a été barmaid à mi-temps pour financer ses études, a les yeux qui s'écarquillent. Romanée-conti 1931, chevalier-montrachet 1939, des choses comme ça… Tout ce qui restait de la cave constituée par les Allemands à Coëtnavel, à partir des crus les plus prestigieux réquisitionnés en Bourgogne. Ils avaient évacué le château en catastrophe sans reprendre leurs bouteilles.

— Nous avons bu trois caisses à notre mariage, commente Madeleine en accrochant sa robe d'anniversaire dans la penderie. Ensuite, je n'ai plus eu le cœur ni l'occasion. Et je ne veux pas que ça reste.

On se regarde, Sam et moi. Son ton nous inquiète, tout à coup. Ça ressemble moins à de la nostalgie qu'à de la détermination. On évite de relever la dernière phrase et on l'emmène promener. Il fait un beau soleil d'automne dans le parc, on se dirige vers le lac. Dans le cadre des activités proposées aux pensionnaires pour meubler leur temps de réflexion, il y a des cannes à pêche sur le ponton. En deux heures, on sort une douzaine de poissons plats. Quand je dis « on », c'est « elles ». Sam a une technique incroyable, mais elle laisse gagner Mad, comme si toute occasion de joie était bonne à donner, à l'heure où revient en elle, on le sent bien, la tentation de marquer son anniversaire d'une dalle blanche. En tant qu'animaliste, Sam retire à chaque fois l'hameçon avant de remettre le poisson à l'eau, et j'ai l'impression que c'est toujours le même qu'on pêche.

— Un suicidaire, me confirme Madeleine.

On s'abstient de commenter.

Au dîner, dans la salle à manger bleu canard décorée de meubles rustiques, elle nous dit :

— Finalement, si je décidais à pile ou face ?

Mais c'est pour nous détendre. On est arrivés tout joyeux de notre virée dans ses souvenirs, et là, on se décompose en voyant les autres candidats au suicide qui mangent autour de nous leur pot-au-feu du lac. Des vieux courbés de souffrance, un obèse avec une potence à oxygène, un amputé qu'une infirmière nourrit comme un bébé, et une jeune femme rousse à minerve et cannes anglaises, décharnée, qui nous regarde avec envie parce qu'on a l'air d'une vraie famille.

Comme elle s'attarde à sa table, on l'invite à la nôtre pour le café. Elle s'appelle Céline, elle a une sclérose en plaques. Le seul espoir de traitement qui lui reste, une autogreffe de cellules souches réinitialisées par chimio, n'est possible qu'à l'hôpital indien de Gurgaon, près de New Delhi. N'ayant pas l'argent nécessaire au voyage et à l'intervention, elle a créé une cagnotte sur le site Leetchi pour solliciter ses amis... Il lui fallait vingt-trois mille euros, elle en a récolté neuf mille. Le prix de la « solution létale » à l'Ermitage Beauséjour. Elle a pris ça comme un signe. Mais elle est là depuis une semaine, prolongeant chaque matin son délai de réflexion. Sauf qu'à partir de demain, sa chambre est louée à un nouvel arrivant : soit elle se décide à en finir ce soir, soit elle aura dépensé neuf mille euros pour rien.

Alors, sur le coin de la table, Madeleine lui signe un chèque en lui précisant d'un air faussement détaché :

— À votre âge, je foncerais à New Delhi, mais ça ne vous engage à rien. Sauf à venir fêter mon anniversaire demain après-midi.

*

Je vous sens concerné, là, tout à coup. Vous avez des scléroses dans votre famille ? D'accord, je continue.

On se réveille à midi, Sam et moi, enlacés en cuillère sur le canapé du salon. Madeleine est en train de faire le ménage autour de nous. Pourtant, la propreté suisse n'est pas une légende, mais elle doit avoir besoin de s'occuper pour tuer le temps. On lui offre le cadeau qu'on a discrètement acheté à la FNAC de Lyon. Un lecteur de CD avec l'intégrale de Frank Sinatra, pour remplacer les tagliatelles de son autoradio. Elle nous remercie d'un air absent en disant :

— Vous l'écouterez en pensant à moi.

Visiblement, la nuit a été mauvaise conseillère. Elle refuse de partir en balade malgré le soleil radieux et s'installe devant les feuilletons de la télé suisse romande, les bras croisés, immobile et muette jusqu'à l'heure de se préparer. Le trac, toujours. À moins que le cholestérol ne recommence à lui boucher le cerveau, malgré les plantes en gélules que Sam lui fait prendre quatre fois par jour sur prescription de son père.

— Curcuma et *chrysantellum americanum*, me

rassure-t-elle, c'est le Destop des artères. Elle a juste les boules. Imagine que tu ne m'aies pas vue depuis plus d'un demi-siècle, tu aurais de quoi baliser, non ?

Le premier invité est arrivé avec dix minutes d'avance. Ça commençait fort : un centenaire aveugle en fauteuil roulant, une corbeille de chocolats sur les genoux, poussé par un jeune blond bodybuildé surveillant les roues comme s'il manœuvrait une tondeuse.

— *Wo ist sie?* s'inquiète le vieillard d'une voix cassée par l'angoisse.

Madeleine m'attrape la main, au bord des larmes. Elle murmure :

— Mon Dieu, ce qu'on devient…

Et je comprends qu'il s'agit de Günther. Emprisonné à Londres après la guerre, il avait été libéré trois ans plus tard, comme son cousin Choltitz, et s'était reconverti dans les forages pétroliers en Amérique du Sud. Sans savoir s'il était encore en vie, elle avait envoyé son faire-part à Bonn, au ministère de la Défense, avec prière de faire suivre. Son arrière-petit-fils, l'athlète blond au sourire tendu qui ressemble à une publicité pour race aryenne, avait confirmé leur venue par mail. Il la remercie dans un français *made in* Google pour cette délicate attention qui honore le passé en magnifiant l'amitié franco-allemande. Je ne sais pas s'il a lu le faire-part jusqu'au bout. Le vieux colonel, lui, le visage congestionné, a pris les deux bouts de sa cravate et s'efforce de les rentrer l'un dans l'autre. On se demande si c'est du gâtisme ou de la timidité, mais on a vite la réponse. De ses mains tremblantes, il enserre les fesses de Madeleine sans intention marquée, juste parce qu'elles sont à sa hauteur. Et il murmure une phrase que l'arrière-petit-fils traduit en rougissant :

— « Ne fais pas une telle chose, ma chère amie, c'est à moi de mourir en premier. »

Madeleine éclate de rire. Elle est tellement secouée qu'on doit attendre une bonne minute avant d'avoir l'explication :

— Il me reste quelques souvenirs d'allemand… Il n'a pas dit « ma chère amie », il a dit « mon petit cul de reine ». Comme autrefois…

Les larmes coulent dans son sourire. Elle a juste le temps de les essuyer : à 17 heures tapantes, onze invités arrivent en même temps, répartis dans quatre taxis avec une précision de commando. On comprend qu'ils se sont donné rendez-vous à la gare, pour préparer leurs retrouvailles avec Madeleine. Ils tiennent chacun une gerbe de roses, comme s'ils venaient fleurir un monument aux morts. Elle nous les présente en inversant leurs noms. Poliment, elle incrimine l'état de son cerveau, plutôt que les ravages du temps qui les ont rendus méconnaissables. Ce sont tous des anciens gamins de la Résistance qui se sont recyclés dans l'immobilier, les assurances, l'élevage ou le prêt-à-porter. Chacun lui raconte son parcours avec des trémolos dans la voix, comme si leurs vies civiles et familiales constituaient elles aussi des faits d'armes. Ils sont tous ratatinés de banalité satisfaite, excepté une espèce de vieux Droopy en costume croisé, regard fuyant, le seul qui est venu avec ses médailles et un cadeau qui « dure » : un puzzle. Le Débarquement allié à Omaha Beach, huit mille pièces. Sous-entendu : si vous le commencez, vous n'êtes pas près de mettre fin à vos jours.

— Avec tous mes regrets, une fois encore, dit-il en lui donnant la boîte géante.

Et il fond en sanglots. Elle nous expliquera un peu plus tard, entre deux toasts, que c'était un jeune serveur du Ritz qui, ayant vidé ses cendriers à la table du colonel allemand le 12 août 44, l'avait tondue huit jours plus tard à la libération de Paris. Quand, le mois suivant, il était tombé sur de Gaulle en train de la décorer dans le journal pour ses exploits dans la Résistance, il lui avait écrit à la biscuiterie des dizaines de lettres d'excuses auxquelles elle n'avait jamais répondu, pas plus qu'à ses vœux du Nouvel An. Il n'en revient pas qu'elle l'ait invité à son anniversaire.

— C'est ma dernière occasion de vous pardonner, lui sourit-elle. Je veux voyager léger.

La phrase jette un froid, qui rapidement se dissipe dès qu'on commence à déboucher les bouteilles. Madeleine confie le puzzle à Sam et me demande de goûter le vin. Je le fais passer d'une joue à l'autre et je me gargarise, comme on fait dans les films pour avoir l'air compétent. J'avale. Les anciens combattants attendent mon verdict. Pour ne pas les décevoir, je déclare avec enthousiasme qu'il a très bien vieilli. Je suis à deux doigts d'ajouter qu'il n'a pas changé. Quand on a servi tout le monde, je murmure à l'oreille de Sam :

— Il est complètement passé, non ?

Et je regoûte, par acquit de conscience, des fois qu'il se serait bonifié entre-temps. Elle me répond d'un ton suave :

— En tout cas, mon amour, à vue de nez tu viens de boire pour deux cents euros.

Je recrache malgré moi, dans une toux d'indignation. Elle précise :

— Richebourg de la romanée-conti 1933, si j'en crois mes souvenirs de barmaid, ça va chercher dans les cinq mille.

L'ancien du Ritz, tourné vers le fauteuil roulant, confirme :

— Il y a une chose qu'il faut reconnaître aux Boches : ils ne pillaient pas n'importe quoi.

— Allez, on fait une photo ! décide Sam en sortant son iPhone. Groupez-vous autour de Mad, qu'on immortalise !

Je ne sais pas si la gaffe est voulue. En tout cas, ça fait bizarre de voir la fine fleur de la Résistance bretonne poser avec son ancien ennemi, verre en main, sourire aux lèvres, en appui sur ses épaules, ses roues, ses poignées caoutchoutées. Pour les nécessités du cadre, Madeleine, qui a déjà sifflé une bouteille, s'est assise à la demande de Sam sur les genoux de Günther. L'ambiance se réchauffe, les souvenirs fusent, les verres s'entrechoquent au rythme des attentats qu'ils se remémorent. Un retraité de la SNCF entonne le *Chant des partisans* que reprennent en chœur tous ses camarades, même les Allemands qui font la-la-la. Les hymnes guerriers alternent avec les chansons paillardes, et les toasts se succèdent au rythme des cadavres de bourgogne qui s'empilent.

À un moment, je vois Madeleine, l'air soudain grave, parler en aparté à son colonel, qui plisse les yeux en remuant les lèvres. Elle ne paraît pas comprendre. L'arrière-petit-fils vient en renfort, colle son oreille à la bouche du centenaire, répercute la réponse. Mad s'illumine. Je croise le regard de Sam qui, plus proche d'eux, valide mon impression d'un hochement de tête : Victor vient enfin d'être blanchi. Sous prétexte de remplir mon verre, elle court me chuchoter, une lueur de colère dans les yeux :

— Tu sais ce qu'il a traduit, Günther junior ? « Dans "intelligence avec l'ennemi", il y a *intelligence.* Votre Victor était trop con pour être un traître. » À la place de Mad, moi, c'était mon genou dans les couilles.

Une religieuse déboule. Madeleine lui saute au cou, puis nous la présente avec enthousiasme : c'est la jeune supérieure des augustines du monastère de Malestroit, qui bataille depuis des années auprès du Vatican pour faire canoniser mère Yvonne-Aimée, leur cheffe vénérée morte en 1951.

— Les cardinaux lui répondent : « Trop de miracles », chevrote Madeleine en imitant leur tremblote. Comme un crétin de musicologue disait à propos de Mozart : « Trop de notes. » Enfoirés de prélats !

— Au lieu d'insulter Leurs Éminences, sermonne la jeune nonne avec un sourire triste, tu ferais mieux de te souvenir que notre sainte mère l'Église désavoue le suicide.

— Et la pédophilie, lui rappelle Madeleine. Qu'est-ce que je te sers, romanée ou musigny ?

Une famille juive nous rejoint à son tour, descendante d'un couple que Madeleine avait caché un soir dans les combles du château, au mépris de ses Allemands. Günther junior escamote le fauteuil roulant aux toilettes, par discrétion.

Et puis le neveu débarque, à 19 heures. Il explique

que l'avion avait du retard. Madeleine, le prenant par l'épaule droite et moi par la gauche, nous présente à ses camarades de combat :

— Mon ancien neveu, mon futur fils.

À part nous, personne n'entend, dans le brouhaha des chansons de cul. Mais je pense que si une phrase peut justifier tout le mal qu'Étienne vous a dit de moi, capitaine, c'est bien celle-là. Et franchement, je le comprends.

Madeleine regarde autour de lui, s'étonne :

— Tu es seul ?

— Je l'ai toujours été, réplique Étienne. Je t'ai apporté le cadeau d'anniversaire qui pouvait te faire le plus plaisir : ma lettre de démission. Et je te cède mes parts.

Elle lâche mon épaule, le toise, lui balance que son cadeau est refusé.

— Quant à tes actions, tu vas les jouer à la belote. Eh oui, je te laisse une chance, tu vois, la seule que tu mérites : le hasard. Ou tu multiplies tes dividendes, ou tu perds tout – comme ça, tu ne pourras pas m'accuser de t'avoir déshérité. Une partie en 500, d'accord ? Je sais, tu préfères le bridge, mais c'est trop compliqué pour mon pauvre cerveau, ce n'est pas toi qui me diras le contraire. Venez, les garçons, j'ai besoin de soutien !

Ravis de la distraction, ses compagnons de guerre débarrassent une table pliante. Elle installe quatre chaises.

— Les jeunes, vous connaissez les règles ?

On lui confirme. Les dimanches de pluie, à Bobigny, on remplaçait les sorties d'Action Seniors par des tournois de scrabble ou de belote. Sur le ton de commando qu'elle emploie depuis qu'elle a renoué avec ses troupes, elle décrète qu'Étienne et elle vont se mesurer à Sam et moi. Le Finistère contre le Neuf-Trois. Complètement désorienté par cette alliance inattendue, Étienne s'assied au ralenti en face de sa tante.

— L'équipe victorieuse, précise-t-elle à la cantonade, repartira avec 10 % du capital de Mamie Larmor. Les paris sont ouverts !

Dès la première donne, je sens une chaussure me faire du pied. Mais ce n'est pas ma partenaire. Je relève les yeux de mon cinquante à l'atout. Madeleine, d'un mouvement de tête qui s'affaisse, semble me demander de les laisser gagner. Je transmets à Sam, et on commence à jouer l'étourderie. Avec une ferveur croissante, les supporters sifflent ou acclament leur équipe. Le Finistère est soutenu par ses résistants et le tondeur du Ritz ; nous on a la bonne sœur et les enfants Cohen – question de génération. À chacune de nos bourdes, Étienne rajeunit à vue d'œil sous le regard bienveillant de sa tante.

Tandis qu'on se laisse plumer pour ressouder la famille, Céline vient nous faire ses adieux avec ses cannes anglaises et, sur le ventre, un porte-bébé où frétille un minuscule yorkshire.

— Je viens de l'acheter au refuge d'en face, murmure-t-elle en se penchant pour le présenter à sa bienfaitrice. Il a trois mois, il s'appelle Phénix. Je vous souhaite le plus heureux des anniversaires.

Ça me paraît, en tout cas, le plus intelligent des cadeaux : un kilo de raison de vivre pour les prochaines années. Madeleine, entre deux éternuements, lui répond qu'elle est très touchée, mais qu'elle ne peut pas accepter à cause de son allergie aux poils de chien. Céline se redresse en devenant rouge brique – en fait, c'est à elle-même qu'elle a offert ce pari sur l'avenir. Madeleine comprend sa confusion, et semble d'autant plus émue par cet effet secondaire du chèque qu'elle lui a signé la veille.

— 510 à 330, claironne Sam en additionnant les points, on a perdu !

Alors, Mad se lève et frappe dans ses mains pour réclamer le silence. Et ce qu'elle nous dit à ce moment-là, c'est tellement gravé dans mon cœur que je peux vous le répéter au mot près :

— Bon, mes enfants, je vous remercie profondément d'être venus me soutenir, me dissuader, m'enguirlander, me faire pleurer, me faire rire. Tout ce que je voudrais vous dire, c'est de profiter de la vie tant que vous le pouvez encore. Vous avez gagné : je reste. J'accepte de continuer à vieillir, à décliner, à ternir mon image. C'est pour vous que je le fais. Je ne vous prendrai pas une once de votre énergie vitale, un millième de votre capital chagrin en me retirant avant l'heure. Chacun de nous est une pièce irremplaçable de notre passé commun. Mais nous avons le droit de nous déboîter pour essayer d'entrer dans un autre puzzle. C'est ce que j'ai fait avec mes deux auxiliaires de vie au sens propre, Maximilien et Samira, et je ne saurais trop vous conseiller de m'imiter. La vieillesse n'a de sens que si l'on s'entoure de jeunes, j'ai mis bien trop d'années à m'en rendre compte. Ne perdez pas le temps que j'ai perdu. Ne gâchez pas vos vieux jours. Ayez confiance, et trouvez les bonnes personnes.

Elle avale sa salive, lève les mains pour retenir les applaudissements, enchaîne :

— À présent, soyez gentils, pas d'au revoir ni de bravos : nous allons filer à l'anglaise, comme des mariés avant la fin de la noce. Je vous prie de terminer les vins et je vous embrasse. Étienne, maintenant que tu as 10 % d'actions en plus, je te laisse régler mon dédit. Merci à tous, et belle fin de vie.

Un silence bouleversé retombe sur l'auditoire qui, docile, détourne les yeux. Tandis que le jeune Allemand, dans la salle de bains, traduit le discours à l'oreille de son bisaïeul, Madeleine me glisse :

— Allez, on se casse.

Voilà, capitaine. Comme il n'y avait personne à la réception, elle a laissé la « solution létale » dans une enveloppe sur laquelle elle a écrit : *Merci de votre accueil, ce sera pour une autre fois.* Et, vu ma conduite en zigzag, on est allés prendre deux chambres contiguës à l'hôtel le plus proche.

Au retour, on s'est arrêtés à Bobigny. Ça m'a fait tout drôle de revoir la cité où j'avais végété tant d'années. Rien n'avait changé, sauf moi. Le décor pourrave, la guerre des blocs, les ravages de la drogue et des religions, les liens sociaux qu'on s'efforce de nouer quand même – tout ça ne pesait plus rien dans ma vie, d'un coup, et c'était pareil pour Sam. On n'était plus d'ici. L'effet Madeleine. Elle nous donnait des ailes, mais elle nous coupait de nos racines. Ça a dû vous faire la même chose, j'imagine, le jour où vous êtes rentré chez vos parents en petit héros de la marée noire, avec sa photo dédicacée.

Pour elle, en revanche, revenir sur notre territoire, dans cette jungle urbaine où, quatre semaines auparavant, on l'avait rendue à elle-même, c'était plus émouvant encore que de revoir les lieux et les gens de son passé – elle nous l'a dit avec un étonnement joyeux qui n'a fait que renforcer notre sentiment de décalage.

Le Dr Labib nous avait préparé un vrai repas marocain. Tajine, pastilla, zaalouk... Madeleine a adoré. Elle se félicitait d'autant plus d'avoir poussé à la retraite, sous peine de procès, le médecin qui lui avait prescrit Kantérol et Pentarex. La clientèle de ce vieux généraliste épuisé qu'avait soudoyé Étienne était considérable : il était seul à cinquante kilomètres à la ronde. Elle trouvait comme moi que le Dr Labib serait idéal pour le remplacer. Il l'a remerciée avec des larmes dans la voix, mais lui a dit qu'il venait d'être radié par le Conseil de l'ordre du Neuf-Trois.

— Max m'en a parlé, l'a rassuré Madeleine. J'ai prévenu mon ami député, qui a expliqué votre cas à la ministre de la Santé. Votre radiation va être annulée mardi prochain, pour insuffisance de motif, par la Chambre disciplinaire nationale.

Elle a précisé que les vrais gaullistes appréciaient modérément les Conseils de l'ordre des médecins, créés en France par le maréchal Pétain sur le modèle nazi, puis elle a conclu :

— Le Finistère se réjouit d'accueillir mon sauveteur. Vous aurez un prêt à taux zéro pour racheter le cabinet, et mon neveu vous logera au château : il a deux étages de marmaille qui se sont libérés, depuis que sa Bérénice divorce. Ça nous fera du bien, de temps en temps, de manger marocain.

Au dessert, j'en ai profité pour demander Sam en mariage. La veille au soir, à Lausanne, elle m'avait dit qu'elle n'était pas contre, si son père était pour. Il m'a fait la même réponse. Mais je ne me raconte pas d'histoires : si elle m'a dit oui, c'est que j'offrais un pack. Je mettais dans la corbeille de la mariée la vieille dame de ses rêves : à la fois la mamie, la maman, la copine, la sœur de combat qu'elle n'avait jamais eue. Elle a dit oui à Madeleine autant qu'à moi, sinon plus. Je ne suis pas jaloux, je suis fier.

Côté boulot, elle pouvait commencer la semaine prochaine comme vendeuse-préparatrice à l'herboristerie Le Gwen – la cousine du taxi. Ainsi, elle ne serait pas loin de son père, tandis que son frère et son beau-frère auraient Bobigny pour eux tout seuls. Mais elle nous a répondu qu'elle avait besoin de réfléchir. Elle avait des scrupules par rapport à son syndicat d'étudiants, à ses petits vieux d'Action Seniors, aux gamins de la cité qu'elle aidait à se sortir de la drogue. Ce qui finalement l'a décidée à partir sur-le-champ, c'est la capote de la Floride. Lacérée à coups de cutter pendant qu'on déjeunait.

Entre deux averses, je les ai emmenées chez Cinémobiles à Courbevoie. Il n'y avait plus de capote en stock chez aucun fournisseur. Ils ont proposé d'en refabriquer une. Pendant que, dans l'immédiat, ils reprisaient la toile avec des rustines isolantes, j'ai fait admirer aux filles les carrosseries sublimes qui m'avaient fait rêver pendant mon stage. Elles étaient toujours là, de l'Isotta Fraschini d'Erich von Stroheim dans *Sunset Boulevard*, le coup de cœur de Madeleine, à l'ambulance Cadillac de *Ghostbusters* qui a fait craquer Sam. Il en manquait une seule, ma préférée. Oui, la DeLorean de *Retour vers le futur*, la plus cotée. Ils l'avaient vendue l'année précédente pour renflouer leur trésorerie. Je l'ai montrée aux filles sur photos, elles se sont moquées de ma passion pour cette mocheté anguleuse aux portières en couvercle de poubelle, elles m'ont même balancé en se marrant : « Ça te rappelle tes origines ? », et on est repartis chez nous. Enfin, chez vous. Il ne faut pas vous donner l'impression que les migrants vous colonisent…

Bien sûr, je vous en prie. Mon bon souvenir à Étienne.

Vous avez retrouvé la Floride ? Génial ! Elles sont où ? Comment ça, « chaque chose en son temps », qu'est-ce qui se passe ?

Oui, il y a un sac de ciment dans le coffre, c'est normal. C'est moi qui l'ai mis. Je ne sais plus... Quand on a pris la route pour Lausanne. Le problème de la Floride, c'est le rapport des masses : le moteur à l'arrière et le train avant qui flotte. Le meilleur moyen d'améliorer la tenue de route, c'est le sac de ciment à l'avant. De ciment ou de plâtre. L'essentiel, c'est que ça fasse trente kilos. Mais pourquoi vous me posez ces questions ? Vous les avez retrouvées *elles* ou juste la voiture ?

La falaise de Pen-Arch, oui, je connais. C'est à vingt minutes du château. Quoi ? Non, mais c'est une blague ! Ou c'est encore un coup tordu du neveu... Et elles, alors, elles sont où ? Attendez, y a un lézard, là. Pourquoi vous avez dit « ce matin » ? Depuis quand vous êtes au courant, depuis quand vous avez trouvé la Floride ?

Ah d'accord. Vous vous êtes bien foutu de ma gueule. Vous m'avez laissé vous sortir toutes les hypothèses possibles, en espérant que j'allais lâcher un détail qui pourrait se retourner contre moi, c'est ça ? Alors que vous saviez dès le départ que la voiture s'était crashée, et que je vous avais donné la preuve qu'elles étaient saines et sauves – mais vous êtes complètement taré ! Vous avez vu l'heure du texto, putain ! Madeleine me l'a envoyé à 7 h 26, et vous dites que la voiture est tombée à 7 h 05 !

Rendez-moi mon portable, je veux parler à mon avocate. Non, tout de suite ! Je connais mes droits, vous ne pouvez pas vous y opposer. À vous, je ne dirai plus un mot, c'est clair ?

Non, je ne sais pas son numéro par cœur. Eh ben faites-le vous-même, si vous n'avez pas confiance. Vous allez dans « Contacts », vous cherchez « Lausanne Céline » – je ne connais que son prénom. C'est elle, oui. La sclérose, comme vous dites. On a pris de ses nouvelles la semaine dernière, elle attendait son visa pour l'Inde. Au moins, elle, j'ai confiance. Parce que ma dernière expérience avec un avocat, le commis d'office dans l'affaire du coup de boule à mon faux-père, quand je l'écoutais plaider j'avais l'impression que c'était moi le fautif. Elle, ce n'est pas une débutante qui pointe à l'assistance judiciaire, c'est une star du Barreau qui ne défend que les pauvres, les sans-papiers, les malades et les victimes des flics ! Elle en prend plein la gueule pour pas un rond, elle facture une fois sur dix, c'est pour ça qu'elle n'avait même pas de quoi se payer un suicide en Suisse. Vous allez voir votre douleur, avec elle.

Encore le répondeur ? Donnez, tant pis.

Oui, Céline, c'est Max. Finalement, c'est mieux que vous arriviez très vite, parce qu'ils n'ont toujours aucune trace de Madeleine, en revanche ils viennent de m'avouer qu'ils ont retrouvé la voiture dans la mer au pied d'une falaise et, à cause du sac de ciment, ils s'imaginent que je l'ai poussée dans le vide et que le cadavre est parti avec le courant. Mais un chalutier a vu tomber la Floride à 7 h 05, et ils ont trouvé dans mon téléphone un texto de Madeleine reçu à 7 h 26 : « Tout va bien, ne t'en fais pas pour la voiture, on te prépare une très belle surprise. »

On, ça veut dire Sam et elle. Sauf qu'ils prétendent que c'est moi qui ai envoyé le texto depuis son portable, que j'aurais volé et planqué quelque part après l'avoir tuée. Du délire total ! Tout ça parce que je n'ai pas d'alibi : je dormais.

Ah oui, ils soupçonnent aussi Étienne, son neveu que vous avez vu à l'anniversaire, mais c'est peut-être encore des conneries que le capitaine m'a sorties pour m'enfumer. Il a envoyé une équipe de plongeurs fouiller la mer, en même temps qu'un avis de recherche sur tout le territoire, à ce qu'il dit, mais il n'arrête pas de me mentir, je n'ai plus aucune confiance.

Essayez de les joindre de votre côté. Le portable de Sam est resté dans notre chambre et Mad a éteint le sien, mais elle va bien finir par le rallumer ! Et cherchez dans les petites annonces, garages et particuliers. Si ça se trouve, elles ont déniché une autre Floride à vendre, c'est ça la surprise qu'elles préparent ! Elles regardaient le soleil se lever en marchant sur le sentier de la falaise, elles avaient dû mal serrer le frein, la voiture est tombée, et voilà. Et comme le samedi je me lève à midi, elles se sont dit qu'elles avaient le temps de me ramener une autre Floride, tellement j'y tiens… Elles ont fait du stop, je sais pas, elles ont pris un bus, un taxi – appelez Le Gwen Transports, tiens, à Plestin !

Et surtout, dès que vous avez ce message, téléphonez au commissariat de Morlaix et demandez le capitaine Thomas Kardec – il est en face de moi, à tous les coups il va me reprendre mon portable dès que j'aurai raccroché. Faites vite, Céline, je vous en supplie, c'est un cauchemar ! Je vous embrasse.

*

Pas de café, non. Et ce n'est pas la peine de rester planté là, c'est fini. J'ai été clair, non ? Je n'ouvrirai plus la bouche avant d'avoir eu mon avocate.

Je m'en fous, c'est votre problème. La garde à vue est terminée, j'ai dit ! J'ai été ravi de discuter avec vous, j'avais l'impression que vous étiez touché par mon histoire, ému comme moi par Madeleine – et même tout excité quand je vous parlais de Sam. Je me disais : Tiens, il en oublie son enquête, on est comme deux types qui créent des liens dans une salle d'attente. Tu parles. Vous avez joué au con, vous m'avez baladé pour me tester, me piéger, me prendre en traître… Mais vous n'avez rien contre moi, rien ! Et rien contre Étienne non plus, j'en mettrais ma main au feu. Alors lui, il décide ce qu'il veut, mais avec moi c'est fini. Ou vous me foutez la paix en attendant mon avocate, ou vous me déférez devant le juge sans aucune preuve de rien du tout, ou vous me libérez avec vos excuses et je les accepte.

C'est ça, allez transmettre à vos supérieurs.

Ah, quand même ! Où vous étiez passé ? Ça fait un quart d'heure que vous me laissez mariner… Bien sûr que je les accepte, vos excuses, je vous l'ai dit ! Moi aussi, je suis désolé de m'être emporté, mais il faut me comprendre… Vous êtes conscient de l'état dans lequel vous m'avez mis ?

Ce n'est pas ça. Je suis triste pour la voiture, oui, mais c'est pour Mad que je m'inquiète. C'est le dernier vestige intact de sa jeunesse qu'elle vient de perdre, vous ne vous rendez pas compte ! Le jour anniversaire de la mort de Victor, en plus ! Qu'on se marie dans sa Floride, c'était si important pour elle… Jamais elle n'en retrouvera une en si bel état. Et même si je retarde le mariage pour en restaurer une à l'identique, ça ne sera jamais qu'un faux-semblant. À son âge, on se raccroche à ce qu'on peut, mais il y a des limites… En plus, quand elle saura qu'à cause de la surprise qu'elle me prépare, vous m'avez mis en garde à vue…

Bon, vous avez des nouvelles, ou pas ? Céline vous a appelé ? Ce n'est pas une réponse, ça. Avec votre petit air entre deux, je ne sais jamais si vous me cachez les infos ou si vous faites semblant d'en avoir. Franchement, avec tous les terroristes qui se baladent, vous n'avez rien de plus urgent à faire que de vous prendre la tête avec des innocents ? Vous l'avez lancée ou pas, votre alerte disparition ?

Je ne sais pas comment je dois interpréter votre silence. Non, mais c'est le monde à l'envers… Ce n'est quand même pas à moi de vous cuisiner !

Attendez, j'hallucine, là. Vous pouvez me répéter cette phrase ? « Je ne vous crois pas coupable, mais je pense que vous couvrez Étienne. » Ça, c'est la meilleure de l'année. Je suis accusé de protéger celui qui m'accuse. Faut que je lui serve d'avocat, aussi, peut-être, en plus de faire le boulot à votre place ? Au moins, les prévenus, vous les rentabilisez !

Très bien, allons-y, je récapitule. Les marins du chalutier voient tomber la Floride à 7 h 05, ils vous préviennent à quelle heure ? 7 h 09, d'accord. Une patrouille arrive sur les lieux avec les pompiers et une équipe de plongeurs à 7 h 20, c'est ça ? Vous relevez l'immatriculation, et vos gars filent au château une demi-heure plus tard pour informer le neveu, qui m'accuse aussi sec. Vous me sortez du lit à 8 h 45 sans me parler de l'accident, pour voir si j'ai ou non la conscience tranquille, et, sans me le dire non plus, vous embarquez en même temps Étienne parce qu'il a l'air aussi suspect que moi. Résultat : vous nous flanquez en garde à vue simultanée pour nous dresser l'un contre l'autre et voir lequel craque en premier. À l'américaine, quoi.

Votre idée, si j'ai bien compris, c'est que l'un de nous deux a conduit Madeleine jusqu'à la falaise, et l'a balancée dans la voiture avant de revenir en courant à travers la lande – je suppose que vous avez saisi toutes nos paires de godasses pour analyser la terre sous les semelles. C'est en cours, d'accord. On avait peut-être un complice, aussi, qui suivait la Floride – ou, mieux encore, *nous* étions complices tous les deux !

Sauf que le texto que j'ai reçu à 7 h 26 prouve que Mad est vivante et avec Sam. Mais non, vous en faites une accusation de plus contre nous, et vous cherchez partout son portable que vous n'arrivez pas à localiser – pourquoi ? parce qu'elle l'a éteint ou qu'elle n'a plus de batterie, mais vous refusez de l'envisager, ça serait trop simple ! Tout ce que vous avez à vous mettre sous la dent, c'est deux pauvres types sans défense qui bavent l'un sur l'autre. Alors, comme vous n'avez aucun élément contre nous, vous nous laissez raconter nos histoires, chacun de notre côté, en nous poussant à bout quand il faut pour qu'on pète un câble.

C'est pire que de l'acharnement, en fait : c'est le refus de reconnaître que vous êtes parti sur des fausses pistes, alors vous essayez de trouver quelque chose en nous faisant parler des heures et des heures, quelque chose que vous puissiez utiliser contre nous, pour justifier nos gardes à vue auprès de vos supérieurs.

Eh ben, désolé pour vous, mais après vous avoir démontré mon innocence, je vais vous prouver celle d'Étienne. Il ne vous a pas fourni d'alibi, je suppose ? Il vous a dit qu'il dormait seul. Normal. Et j'imagine que vous n'avez pas fouillé le château. Pourquoi ? Parce que sinon, vous auriez trouvé dans un placard la postière de Plougarnic, avec qui il se console de sa femme depuis trois ans.

Eh oui. Moi aussi, voyez, j'en ai gardé sous le coude. Sa fondée de pouvoir hollandaise qui a envoyé au château une carte postale de rupture pour que son épouse tombe dessus, c'est du flan : jamais Étienne n'aurait mélangé le travail et le plaisir. Elle a juste voulu lui faire payer la perte de sa com sur la fusion-acquisition des biscuits. Avec une accusation aussi bidon, il aura évidemment gain de cause dans le divorce pour adultère. Mais si, aujourd'hui, il vous donne la postière comme alibi, c'est du pain bénit pour les avocats de sa femme.

Vous me promettez que ça restera entre nous, d'accord ? Vous cuisinez juste la factrice, vous lui faites confirmer mon témoignage et vous classez l'affaire. Je vous déclare sous serment que son scooter est arrivé au château hier à 23 heures et qu'il était encore sous l'abri à bois quand vos hommes m'ont embarqué. Voilà. Pourquoi je ne l'ai pas dit plus tôt ? Ça vous va bien de me reprocher la rétention d'infos. Je ne vous l'ai pas dit parce que l'urgence, c'était de me disculper moi, pas de blanchir le neveu !

Elle s'appelle Magali Magnan. Je n'en sais rien, moi, si elle vient du Midi ! En tout cas, ce n'est pas une raison pour l'accuser de complicité de meurtre – si, si, je vois bien la petite lueur dans l'œil et le tic au coin de la lèvre. Vous êtes en train de l'imaginer suivant la Floride en scooter et ramenant son amant au bercail après le meurtre. Ce n'est pas la peine de nier, je vous connais par cœur depuis trois heures qu'on…

Eh ben allez-y, décrochez ! Je suis sûr que c'est mon avocate ! Vous préférez que je réponde ? Mais grouillez-vous, merde – ah, quand même !

Qu'est-ce qu'il y a ? Pourquoi vous faites cette tête ? Évidemment, c'est pour moi, je vous l'ai dit. Passez-moi le téléphone, enfin, qu'est-ce que vous attendez ? Ou mettez le haut-parleur, si vous n'avez pas confiance, on n'est plus à ça près. Merci. Allô, vous m'entendez ?

— Oui, mon petit Max, c'est Mad. Tu es triste pour la Floride, j'imagine, mais bon, elle avait fait son temps. Tout va bien de notre côté, pas de problèmes. Et toi, ils ont été corrects ? Je suis désolée d'avoir déclenché indirectement un tel bazar – assez flattée, aussi, je dois dire. Je viens de trouver les messages de la police et celui de Céline en rallumant mon portable – elle m'appelait de New Delhi pour m'expliquer tes soucis. Nous, on est juste allées faire un saut à Granville, on vient te chercher, on sera là dans dix minutes. Sam me dit de te préparer : tu vas avoir un choc. Alors prépare-toi. Bisous.

*

Ça va ? Vous devriez boire un coup. Un petit whisky, ou de l'eau de mélisse sur un sucre, tiens, ce n'est pas mal non plus. Non, non, je vous en prie, arrêtez de vous excuser, je suis tellement rassuré, le reste on s'en fout. Je vous dis que je vous comprends ! Vous avez fait votre métier, c'est tout, avec les indices et les racontars que vous aviez sous la main. Et puis ça touchait votre héroïne d'enfance, c'est normal que vous soyez parti en surchauffe... Vous n'avez rien à vous reprocher, je vous dis, à part ce que je vous ai balancé tout à l'heure, on ne va pas y revenir. Et puis bon, ça s'est gâté sur la fin, mais avant on a passé de chouettes moments, non ? Simplement, puisqu'il nous reste dix minutes, je veux vérifier un point. Rasseyez-vous.

Donc, puisque Madeleine n'est plus morte, Étienne se retrouve libre, lui aussi. On est d'accord ? Vous n'allez pas vous venger en l'inculpant pour diffamation contre moi, des choses comme ça… ? Merci, c'est gentil. Oui, vous en avez marre de nous, je comprends très bien, vous êtes pressé qu'on se barre, mais c'est gentil quand même. Et pendant qu'on y est, ne racontez pas non plus à Madeleine toutes les saletés qu'il a déballées sur moi, vous voulez bien ? Parce que, maintenant que sa femme s'est barrée avec la marmaille, il ne lui reste plus que sa tante.

La factrice ? Je vous trouve optimiste. À mon avis, elle a tellement eu les boules qu'il n'y aura plus d'autre levée. Une descente de police, il n'y a rien de tel pour casser le charme. En plus, elle est mariée. Bref, on ne va pas monter Mad contre lui une fois de plus, d'accord ? J'aimerais bien les réconcilier, moi. Pour que mon mariage se passe dans l'harmonie. Y en a marre des tensions.

Bon, je vous laisse, je vais faire un petit brin de toilette. Comme ça votre idole verra que vous m'avez bien traité…

Pardon, c'est encore moi. Je vous dérange juste une minute, capitaine, mais ça me fait de la peine de vous voir comme ça derrière la vitre, à essayer de comprendre ce qui se passe sur le trottoir. Je vous dois quand même une explication. Bonjour, madame. Je suppose que vous êtes son assistante. Celle qui s'occupait d'Étienne pendant qu'il m'interrogeait… Sa supérieure, pardon. Enchanté, commandante. Et bravo. Je veux dire : vous avez fait du bon boulot, vous aussi. Je ne sais pas comment ça se passe chez les psys, mais vous pourriez ouvrir un cabinet. C'est quand même moins exposé, comme métier. Et, lorsqu'on est doué comme vous pour l'écoute, c'est dommage de se limiter à la répression.

Enfin, moi, ce que j'en dis… C'était juste pour vous remercier, de la part du neveu et de la mienne. Ça lui a fait un bien fou de vider son sac. Moi aussi, sans me vanter. Quand on s'est retrouvés devant le comptoir de l'accueil, il y a cinq minutes, pour récupérer nos objets personnels dans le sachet en plastique, d'abord on a détourné les yeux, et puis on s'est regardés bien en face. Pendant qu'il remettait sa cravate et moi les lacets de mes baskets, j'ai ouvert la bouche en premier, histoire de faire la paix sans trop humilier le perdant :

— Tout ce que je peux te dire, Étienne, c'est que je t'ai chargé un max.

— Moi aussi, Max.

Il s'est excusé d'un sourcil pour la rime involontaire. Il y a eu entre nous un long silence de western, quand les gars se dévisagent avant de dégainer d'un coup en même temps. Et puis j'ai conclu :

— Comme quoi, ça n'a pas suffi.

Il m'a souri malgré lui, alors je l'ai rassuré, par rapport à la poste. Vous m'avez promis, hein, capitaine ? Bouche cousue. Du coup, on s'est demandé pardon pour le mal qu'on s'était fait, volontairement ou non. Et on a effacé l'ardoise, parce que la vie est courte et qu'on a le droit d'être heureux sans que ça dérange les gens. Voilà, c'était pour vous faire partager. On a repris nos affaires, on a signé le papier comme quoi vous ne nous avez rien volé, et puis on a dit au revoir au réceptionniste.

La tête de Madeleine, quand on est sortis du commissariat bras dessus bras dessous… Vous avez vu. Presque aussi ahurie que moi lorsque j'ai découvert la voiture de mes rêves, avec Sam au volant sous la porte papillon.

Allez, je vous explique. Vous l'avez bien mérité, après vous être tellement cassé la tête pour bricoler des hypothèses. Donc ce matin, comme je vous ai dit, c'était l'anniversaire de la mort de Victor. Pendant que je dormais, Sam faisait sa gym à l'aube sous le grand cèdre, quand elle a vu Mad sortir la Floride du garage, une heure avant son départ habituel pour la biscuiterie. Elle a cru que c'était pour aller acheter des croissants, elle a proposé de l'accompagner. Alors, Madeleine l'a emmenée à la pointe de Pen-Arch. C'est là qu'elle avait fait l'amour pour la première fois avec Victor, dans les genêts au sommet de la falaise – ça, je viens de l'apprendre. Elle y retourne chaque 30 octobre, en pèlerinage. C'est leur rendez-vous annuel, quoi.

Et donc, elles sont en train de se recueillir toutes les deux au-dessus de la mer, la main dans la main, à discuter de la vie et de la mort au soleil levant, quand la Floride leur passe sous le nez. Il ne faut pas sc fier au frein à main, sur ces modèles ; personnellement, à l'arrêt, j'enclenche toujours une vitesse. Sam a couru comme une dératée pour sauter au volant, sous les hurlements de Mad qui lui ordonnait de laisser tomber – ce qu'elle a fait, finalement.

Elles ont regardé mon chef-d'œuvre basculer dans le vide, s'écrabouiller sur les récifs à marée haute, couler à pic. Alors, Mad a sorti son portable. Ni une ni deux, il fallait qu'elle trouve d'ici le mariage une Floride similaire, histoire de me faire une bonne surprise pour amoindrir la mauvaise – c'est ce que je vous ai dit tout à l'heure : j'avais vu juste. Elle a appelé Cinémobiles et Renault Classic, tandis que Sam lançait la recherche sur leboncoin. Aucune offre.

C'est là que Madeleine a proposé de mettre la barre encore plus haut dans mes passions et que Sam, du coup, a déniché sur e.Bay l'annonce du siècle. Eh oui, vous l'avez sous les yeux. La DeLorean DMC 12 de *Retour vers le futur*. Pas celle du tournage, vendue l'an dernier un demi-million de dollars, mais la réplique construite sur base Citroën BX pour l'édition 2015 du carnaval de Granville. Mise à prix mille euros.

Assises sur un rocher au milieu des genêts, les filles ont fait monter les enchères jusqu'à trois mille cinq. Et puis elles ont appelé Le Gwen pour qu'il les emmène illico dans son taxi récupérer leur achat en Normandie. Un texto destiné à me rassurer, si jamais des promeneurs tombaient sur l'épave de la Floride, et puis Madeleine a éteint son portable pour ménager le suspense. Voilà. Avec toutes leurs excuses pour le dérangement.

Au revoir, commandante, bonne fin de journée. Dites donc, elle n'a pas l'air très cool. Elle claque toujours les portes comme ça ou c'est juste quand elle est vexée ? Elle se voyait déjà à la une du *Télégramme de Brest*, coffrant l'assassin de Mamie Larmor. J'espère que ça ne va pas vous retomber dessus.

Merci, Thomas, vous êtes gentil, mais trois cafés c'est ma limite, et puis il faut que je retourne vers mon futur. Juste un petit mot, avant de vous laisser tranquille. On serait très heureux de vous inviter à notre mariage. Là, Madeleine est pressée de rentrer pour mettre un tas de choses au point avec Étienne, mais je lui ai raconté que vous aviez combattu la marée noire sous ses ordres, en 78. Elle m'a dit qu'elle serait ravie de vous revoir. Comme ça, on vous emmènera faire un tour dans la DeLorean. Vous verrez, elle a tous les gadgets du film. Le carrossier qui a construit cette réplique est un génie absolu.

Je vous en prie, c'est un plaisir. En échange… Ça me gêne un peu de vous le demander, mais vous accepteriez de me rendre un petit service ? Mon copain Vlad, vous savez, celui qui avait bugné la calandre en déchargeant la Rolls à la fourrière Foch. Il vient de se prendre un pain dans l'exercice de ses fonctions : trois semaines d'immobilité. On ne va pas retarder le mariage à cause de lui… J'ai été votre suspect, ça vous dirait d'être mon témoin ?

Non, non, ne me remerciez pas, c'est moi. Écoutez, je vais être tout à fait franc avec vous, comme je le suis depuis ce matin… J'ai peur, Thomas. J'ai une énorme trouille, en fait. Je ne sais pas où en est votre vie privée, mais, quand je vous parle de mon couple, je sens une certaine tension dans le vôtre. À cause de l'échec de l'adoption, j'imagine… Ah. Elle est partie… partie ? Parce que la stérilité, c'est de votre côté, oui, ça je l'avais deviné dans votre voix. Donc, vous êtes… pardon pour le mot, vous êtes disponible ? Non, parce que je me fais beaucoup de souci pour Mad.

Je vais vous dire le fond de ma pensée, maintenant qu'on est seuls : la version que m'a racontée Sam, la Floride qui tombe par accident, je n'y crois pas. Je l'ai vu dans ses yeux, c'est la version officielle qu'elles ont validée toutes les deux, la version acceptable. Ce que j'ai senti, c'est que Mad a vraiment voulu se foutre en l'air ce matin.

Pourquoi ? Relisez vos notes, écoutez votre cœur. Elle a tout mis en œuvre pour nous réunir autour d'elle, mais maintenant son rôle est fini. Notre mariage, notre bonheur, ça lui flanque le moral à zéro, parce qu'elle est en train de nous perdre. On s'aime de plus en plus, Sam et moi, et on aura de moins en moins besoin d'elle, elle le sait. Et le Dr Labib, c'est pareil. C'est un médecin tellement super qu'il est déjà complet pour trois mois, avec ou sans sa recommandation. Et maintenant qu'Étienne va redevenir un mouton parce qu'il n'a plus sa louve dans la bergerie pour entretenir les hostilités – oui, c'est Bérénice qui était à l'origine du projet Alzheimer, elle lui a tellement répété: « Arrête de te faire bouffer par ta tante, sois un homme, débarrasse-toi d'elle, prends le pouvoir » –, Mad va se retrouver sans ennemi à défier, sans allié à séduire, sans personne à aider, sans âme en peine sur qui investir... Il ne lui restera que son pouvoir de destruction pour fabriquer des victimes à reconstruire. Dans moins de six mois, notre couple est foutu.

Sauf... sauf si vous entrez en jeu, Thomas. Je n'avais rien demandé, moi, je me suis retrouvé dans sa vie par hasard. Mais vous, elle vous fait rêver depuis que vous êtes môme. C'est votre modèle, c'est votre culture, c'est vos racines. Qu'est-ce qui vous retient ? Votre existence actuelle, vos perspectives de carrière, votre supérieure ? Excusez-moi, mais on a passé suffisamment d'heures en tête à tête pour que je vous dise : Faites comme moi avec la fourrière, cassez-vous ! Je pense que Madeleine est la chance de votre vie, parce que vous serez son dernier enjeu. Elle vous trouvera la femme idéale, l'enfant dont vous rêvez, l'avenir qui vous convient...

Mais non, ce n'est pas de la pitié, c'est purement égoïste. Sam s'ennuie au milieu de ses pots d'herbes et moi, la gestion des biscuits, ça me gonfle. Mon truc, c'est les voitures, et elle c'est de bouger, d'étudier, de se battre pour des causes, pas d'attendre le client derrière un comptoir. Et puis, Mad a besoin de quelqu'un avec des compétences financières comme les vôtres. Parce que le problème de son entreprise, ce n'est pas l'image vieillotte, c'est le détournement de fonds. Tout le monde la vole : ses directeurs, ses comptables, ses fournisseurs, sa banque. Je constate, depuis que je suis dans les murs, mais je ne suis pas outillé pour lutter et ça me tombe des mains.

Bref, si jamais on décidait de prendre un peu de distance… Je veux dire : on se marie samedi, mais il me reste six jours pour refuser l'adoption. Donc, si ça vous tente et que la place se retrouve libre… Profitez-en. Je pense que pour Mad, sur la durée, la vraie personne de confiance, c'est vous.

Alors… à samedi. Et à votre disposition, si vous voulez que je vous fasse travailler le rôle.

Du même auteur :

Romans

Les seconds départs :

VINGT ANS ET DES POUSSIÈRES, 1982, prix Del Duca, Le Seuil et Points-Roman

LES VACANCES DU FANTÔME, 1986, prix Gutenberg du Livre 1987, Le Seuil et Points-Roman

L'ORANGE AMÈRE, 1988, Le Seuil et Points-Roman

UN ALLER SIMPLE, 1994, prix Goncourt, Albin Michel et Le Livre de Poche

HORS DE MOI, 2003, Albin Michel et Le Livre de Poche (adapté au cinéma sous le titre *Sans identité*)

L'ÉVANGILE DE JIMMY, 2004, Albin Michel et Le Livre de Poche

LES TÉMOINS DE LA MARIÉE, 2010, Albin Michel et Le Livre de Poche

DOUBLE IDENTITÉ, 2012, Albin Michel et Le Livre de Poche

LA FEMME DE NOS VIES, 2013, prix des Romancières, prix Messardière du Roman de l'été, prix Océanes, Albin Michel et Le Livre de Poche

JULES, 2015, Albin Michel et Le Livre de Poche
LE RETOUR DE JULES, 2017, Albin Michel et Le Livre de Poche

La raison d'amour :

POISSON D'AMOUR, 1984, prix Roger-Nimier, Le Seuil et Points-Roman
UN OBJET EN SOUFFRANCE, 1991, Albin Michel et Le Livre de Poche
CHEYENNE, 1993, Albin Michel et Le Livre de Poche
CORPS ÉTRANGER, 1998, Albin Michel et Le Livre de Poche
LA DEMI-PENSIONNAIRE, 1999, prix Version Femina, Albin Michel et Le Livre de Poche
L'ÉDUCATION D'UNE FÉE, 2000, Albin Michel et Le Livre de Poche
RENCONTRE SOUS X, 2002, Albin Michel et Le Livre de Poche
LE PÈRE ADOPTÉ, 2007, prix Marcel-Pagnol, prix Nice-Baie des Anges, Albin Michel et Le Livre de Poche
LE PRINCIPE DE PAULINE, 2014, Albin Michel et Le Livre de Poche
ON DIRAIT NOUS, 2016, Albin Michel et Le Livre de Poche
L'INCONNUE DU 17 MARS, 2020, Albin Michel

Les regards invisibles :

LA VIE INTERDITE, 1997, Grand Prix des lecteurs du Livre de Poche, Albin Michel et Le Livre de Poche
L'APPARITION, 2001, prix Science-Frontières de la vulgarisation scientifique, Albin Michel et Le Livre de Poche
ATTIRANCES, 2005, Albin Michel et Le Livre de Poche

LA NUIT DERNIÈRE AU XVe SIÈCLE, 2008, Albin Michel et Le Livre de Poche
LA MAISON DES LUMIÈRES, 2009, Albin Michel et Le Livre de Poche
LE JOURNAL INTIME D'UN ARBRE, 2011, Michel Lafon et Le Livre de Poche
J'AI PERDU ALBERT, 2018, Albin Michel et Le Livre de Poche

Thomas Drimm :

LA FIN DU MONDE TOMBE UN JEUDI, t. 1, 2009, Albin Michel et Le Livre de Poche
LA GUERRE DES ARBRES COMMENCE LE 13, t. 2, 2010, Albin Michel et Le Livre de Poche
LE TEMPS S'ARRÊTE À MIDI CINQ, t. 3, *in* Thomas Drimm, L'INTÉGRALE, 2016, Le Livre de Poche

Album jeunesse

ET SI TU ÉTAIS UNE ABEILLE ?, 2018, Michel Lafon

Récit

MADAME ET SES FLICS, 1985, Albin Michel (en collaboration avec Richard Caron)

Essais

CLONER LE CHRIST ?, 2005, Albin Michel et Le Livre de Poche
DICTIONNAIRE DE L'IMPOSSIBLE, 2013, Plon et J'ai Lu

LE NOUVEAU DICTIONNAIRE DE L'IMPOSSIBLE, 2015, Plon et J'ai Lu
AU-DELÀ DE L'IMPOSSIBLE, 2016, Plon et J'ai Lu
LES ÉMOTIONS CACHÉES DES PLANTES, 2018, Plon
LA BIENVEILLANCE EST UNE ARME ABSOLUE, 2020, L'Observatoire

Beaux-livres

L'ENFANT QUI VENAIT D'UN LIVRE, 2011, Tableaux de Soÿ, dessins de Patrice Serres, Prisma
J.M. WESTON, 2011, illustrations de Julien Roux, Le Cherche-midi
LES ABEILLES ET LA VIE, 2013, prix Véolia du Livre Environnement 2014, photos de Jean-Claude Teyssier, Michel Lafon

Théâtre

L'ASTRONOME, 1983, prix du Théâtre de l'Académie française, Actes Sud-Papiers
LE NÈGRE, 1986, Actes Sud-Papiers
NOCES DE SABLE, 1995, Albin Michel
LE PASSE-MURAILLE, 1996, comédie musicale (d'après la nouvelle de Marcel Aymé, musique de Michel Legrand), Molière 1997 du meilleur spectacle musical, à paraître aux éditions Albin Michel
LE RATTACHEMENT, 2010, Albin Michel
RAPPORT INTIME, 2013, Albin Michel

PAPIER À BASE DE FIBRES CERTIFIÉES

Le Livre de Poche s'engage pour l'environnement en réduisant l'empreinte carbone de ses livres. Celle de cet exemplaire est de :
150 g éq. CO_2
Rendez-vous sur www.livredepoche-durable.fr

Composition réalisée par MAURY-IMPRIMEUR

Achevé d'imprimer en France par
CPI BRODARD & TAUPIN (72200 La Flèche)
en février 2021
N° d'impression : 3042213
Dépôt légal 1re publication : mars 2021
LIBRAIRIE GÉNÉRALE FRANÇAISE
21, rue du Montparnasse – 75298 Paris Cedex 06

29/1151/4